四时花朵作陪

Flowers accompany
four seasons

郑国芬 / 著

北京联合出版公司
Beijing United Publishing Co.,Ltd

图书在版编目（CIP）数据

四时花朵作陪 / 郑国芬著 .—北京：北京联合出版公司，2019.7
ISBN 978-7-5596-2583-0

Ⅰ. ①四… Ⅱ. ①郑… Ⅲ. ①随笔－作品集－中国－当代 Ⅳ. ①I267.1

中国版本图书馆 CIP 数据核字 (2019) 第 070242 号

四时花朵作陪

作　　者：郑国芬
插图作者：施欣仪
责任编辑：李　红　徐　樟
特约编辑：丛龙艳
产品经理：严小娥　赵琳琳

北京联合出版公司出版
（北京市西城区德外大街 83 号楼 9 层　100088）
北京联合天畅文化传播公司发行
天津光之彩印刷有限公司印刷　新华书店经销
字数：　184 千字　787mm×1092mm　1/32　印张：11
2019 年 7 月第 1 版　2019 年 7 月第 1 次印刷
ISBN 978-7-5596-2583-0
定价：52.00 元

辑一

花
花
阳
台

1

辑二

花事未了

辑三

四时花开

◇ 春 ◇

◇ 夏 ◇

◇ 秋 ◇

◇ 冬 ◇

辑四

肉肉之舞

后记

憩园，不只是一个露台花园，

更是一种生活方式

辑一　花花阳台

梭罗在瓦尔登湖度过的第一个夏天，没有读书，他种豆子，甚至什么也不做。

他有时坐在阳光下的门前，坐在树木中间，从日出坐到正午，甚至黄昏，在宁静中凝思。他认为，这样做不是从他的生命里减去了时间，而是比通常的时间增添了许多，超出了许多。

我在园子里，追那一束光和影

早晨是在清脆热闹的鸟语声中醒来的。

或许是因为坚持晨跑的缘故，向来喜欢赖床的人习惯了早起。听婉转的叽喳声从窗外传入耳中，已睁开眼睛的我会马上从迷糊中清醒，躺着听一会儿外面这些小精灵很有韵律的秘谈，便起床，去园子里。

清晨的园子是最美的。

晨曦透过东面的北干山，柔柔洒在屋顶斜坡的黑瓦上，照在东面木篱笆的爬藤植物上，这些早上初开的花朵，便被晨光染了一层迷人的光晕。

四周很安静，空气中弥漫着金银花的香，这时候我在园子里拍它们，再也没有比这更幸福的事了。光影打在每朵花上、每片叶子上，透着宁静和安详。挂着晶莹剔透的露珠，这时的花朵是最娇艳的，叶子是最灵动的，世界便在这样的意境中，变得如初生般纯净、简单。

于是每天早起看花拍花，成了这个春天最美妙愉悦的事。

早晨是被鸟儿们催醒的

它们在干什么？

开晨会？一大家子讨论寻食的事？

有一个声音特别尖锐、响亮——

"夏天到了，天也热起来了，我观察到菜园里各种果子多了起来，等下大家各自去找吃的，安排好自己的地盘，不要内部争抢，我们鸟类家族，从来都是相亲相爱的一家人。"

接下来一阵叽叽喳喳——

"我知道有个大院子，黄黄的枇杷结了满树，昨天去尝了尝，汁水饱满，口味极佳，今天我还要去那个大院子里，吃枇杷。"

"我昨天也发现一块地里红红的小番茄挂满了架子，农民大叔在地里竖了个小人儿，这哪里吓得了我，那不过是一个衣服空架子哈！"

"还有我，我发现山上野果熟了！那个地方不好找，可还是被我找到了耶！"

枇
杷

一会儿，安静下来了。

一会儿，又吵起来了。

就这样，清晨五点，我被鸟儿们的讨论会吵醒，睁开眼睛躺在床上，继续听，鸟儿们开会，叽叽，喳喳，叽叽叽，喳喳喳……

持续了半个小时，吵闹声才停止，剩下最后两只的声音，此起彼伏，轻声细语。我猜，一定还是那两只鸟，停在紫薇树上，一大清早的，说情话。

我不过去惊扰它们。

初夏的清晨，躺在床上，听一对鸟恋人说情话，这是多美好的事啊！

白
玉
兰

我的园子

我的园子其实并不大，分南北两面，一间小客厅贯穿其间，使整个园子看上去较通透、敞亮。

南园和北园大小差不多，加起来不过三十来平方米。来过我园子的朋友都会讶然惊叹："原来并不大呀！"意思是"你晒的图，把我们迷惑了"。

其实，我一开始觉得我的园子够大了，够我在这里面恣意挥洒了；慢慢地，当我养花的兴头越来越浓时，就觉得它太小——给我一个大院子，那才过瘾呢！

没有大院子，就先在小园子里折腾吧。

打开南园带纱窗的门，最先映入你眼的，是种在窄窄长方形花坛里的一棵高耸挺拔的紫薇树，绿叶婆娑，枝干手臂般粗。每年夏天，当马路两旁一树一树的紫薇开得惊天动地时，我家的这棵紫薇树，却因为花坛里土浅，肥力不足，开不出花来。我记得，只在一年夏天傍晚浇水时看见叶丛中开了一朵淡粉的花，从此再没见过它开花。但就因为这一朵，我确定三年前花木节上买的这棵小苗确是紫薇。

紫薇树下面，是并排挨挤的桃树和茶树。桃是寿桃，早春时节差不多和木本海棠同时开，先花后叶，一树粉花，美艳娇柔；花谢后长叶，夏季结果，小小的寿桃藏于茂叶之间，碧青可人，我从未摘来食过，只看看，便觉欢喜。入秋时，还会从这株桃树底下，猛不丁看见一丛鲜红的彼岸花，干净笔挺的杆子，一朵朵烟花般绚烂打开的花，经常让我在秋天的某个早晨看得如醉如痴。

说起果树，花坛西南角的一棵柠檬已栽了好几年，前年惊喜地看到枝上挂出三个硕大的柠檬果。园子里果树不多，这柠檬果着实令我开心了好一阵，摘下的柠檬果放了好几天，我都舍不得切了泡茶。

寿桃一旁的茶树，矮而粗壮，碧绿油亮的叶片葱郁舒展，九月入秋时开始在枝叶间蕴蕾；寒冬萧瑟之季，二三十朵花蕾全部绽开，端的是璀璨艳丽，是冬天园子里最耀眼的。

东南角，是一丛缠绕在木头网格架上的金银花。五月，木格上满架便是黄和白两种颜色相间的金银花，香气满溢，一片素雅。这些藤藤蔓蔓，沿着架子底下一根粗壮老枝攀缘而上，柔嫩小枝不断从老枝上生发，一路向空中盘旋，爬满整个架子顶。朋友都不相信，这株老枝遒劲的金银花，竟是我四年前从一位花友那里剪来的

养花工具

一小截枝条长成的。

要说香花树，除了这棵金银花和北露台的紫藤，我还有白兰和含笑。白兰开的时间多，除了冬天，其余三个季节里，枝叶间不断有淡雅的白花开出来，但只有凑到它跟前才能闻得它的阵阵幽香，所以，白兰开的日子里，经常会看到一个花痴呆立在树边。含笑栽在花坛里，大概也是因为土浅，肥力不足，近几年开花很少，我准备将它另移入一个大盆。

三角梅，可以说是我园子里的主角——镇园之宝。每年从初夏开始，它开出好似整个园子都要被燃起来的火红的叶子花。就像汪曾祺先生写昆明的三角梅，"它好像一年到头都开，老开着，没有见它枯萎凋谢过"，我园子里的三角梅，也一直要开到秋将尽，瑟瑟的秋风实在摧人老时，三角梅才肯罢休。

而今年，我的三角梅竟然没有开花。大概是连着开了四五年，不停地开，它也累了，需要休息了。江南冬天无比湿冷，不像昆明，所以一到冬天，我必把这株三角梅早早搬进屋里，放到楼下的室内阳台，等熬过冷冽的寒冬，再搬上来。因我的这般呵护，这株三角梅但凡开起来，便极其用力。

去年，一位油画家朋友来我的园子写生。他环顾身边一众缤纷花草后，支起画架，拿起画笔，唰唰唰开始创作。我想，他可能会画整个园景、园子前面的山。一个多小时后，却看到画布上一盆色彩绚烂的三角梅，有点惊喜。五月的花开得不少，唯这盆三角梅入了画家的眼。

南园的东西两面，各是一道斜坡矮墙，矮墙上原是空的，我用几片木头网栅搭在矮墙之上，便建出了两面"高墙"。镂空的木头格子的墙，种爬藤植物最好。一面种了爬藤月季大游行、安吉拉，已开花数度。最近又买了一株飘香藤和名叫"总统"和"鲁佩尔博士"的两株铁线莲，每天浇水时，都会对新来的这三株植物多看几眼，期盼它们像金银花一样，与木网格墙藤蔓相缠，融为一家。另一面栽了一株欧洲络石，每年春天，木网栅间会开出许多白色风车样的旋转状小花，清丽得好似邻家小女孩从栅栏里探出头来。

这些是常年生、比较粗犷的爬藤植物，而我也会在初春开始时，在东西两面墙下，分别种些茑萝和牵牛，藤蔓纤细，小花娇柔，自有一股乡野小清新绕墙而出。

园子中央，我放了一张小木方桌。以前是一张圆桌子，上面铺了块蓝印花布，那时顶上的阳光玻璃房尚在，可以约几个好友，即便是雨天，也可以坐在南园这张铺了蓝印花布的圆桌旁，一起喝茶、赏花。去年夏天，因为某些原因，顶上用来遮雨遮阳的玻璃顶被拆了，于是换了这张防雨防腐的小方桌，倒也别有一番田园风味。

三
角
梅

南园的花草布局经我这么一描述，你大致也了解了些。不过，来过我园子的朋友都知道，我的园子，岂止这些花草？另外散散落落、高高低低安置在各个角落里，不同时节或开花或养气，或草本或木本，或这株枯了、那株新买来了，每一盆都有故事、出处。一年四季忙碌在这些花草间，竟是俗世生活里的一大享受。

北园呢，我主要种些多肉。但我现在重点要说一下北园的那株紫藤。

这株紫藤，跟南园的紫薇树一样，也是从尺把长的小苗养起，至今已有五个年头，来得比紫薇还早。它可不比含蓄不开花的紫薇，每年四月一到，你只能在河边公园欣赏到那繁花似锦的紫藤花开，而我，只须搬张小椅子，坐在我家的北露台上，即可陶醉在一阵阵摄人心魄的紫藤花的香风里。

也就不到两周时间，紫藤花很快谢落，不久，绿叶葳蕤，浓荫遮蔽。而紫藤架下，是我的一盆盆静美人——多肉。这些原本就不需要炽烈阳光的多肉，在紫藤舒展的枝叶下，安静从容，不急不徐地展现各自的芳华，总会在一段时间里，给我惊喜。

园子前面正对着一座山。这山是小城的一个地标，名北干山。陶公采菊见南山，我在北干山脚下，种花。前几年经常清晨去爬北干山。山上有一座高耸入云的烈士陵园纪念碑。我爬山，只为寻得一份宁静，但自从我建了这个小花园后，便很少去爬山了，我坐在南园，看山。晴天的清晨和黄昏，阳光从东面和西面的山头，斜斜映照园中，花草们瞬间跃然灵动，披金映辉。雨天，山色空蒙，云雾缥缈，我的园子似在仙境中一般，充满灵气。此刻的我，坐拥其间，独与天地精神往来，觉得自己是世上最幸福的人。

如东坡先生所言："耳得之而为声，目遇之而成色，取之无禁，用之不竭。是造物者之无尽藏也。"

有时候我喜欢坐在北园里。看架子上一盆盆玲珑的肉肉，它们身上那种岁月静好的悠然、不争不闹的宁静，让我仿佛置身在静谧的星空里，时间是那样幽缓，生活是那样从容。

有时候我喜欢在南园逛，拿把剪子，修修黄叶，剪剪残花，看蝴蝶绕着花扑腾，捉掉新叶上的小蜗牛。当然我更多的时候是静静看每朵花开，那样美，就像正当年华的少女，就像一个女子生命中最灿烂的那一刻。

我觉得，一个女人，活着，就要像一朵花一样，绽放，如此，才算真正活过。我觉得，每个女人，都像一朵不同的花，有的清丽，有的绚烂，有的婉约，有的奔放……所以，你一定要活自己，不要跟别人比，因为，你有你的味道。

　　有时候我的园子也很热闹。那是一些久已羡慕我园子的朋友，我把他们邀请来，不是显耀，只是想让他们感受一下这种"若无闲事挂心头，便是人间好时节"的生活。更多的时候，是一个人静静坐在园子里，触摸身边的绿，吸闻绕鼻的香。芸芸众生，你和我，人人都需要慰藉，所以，我们要懂得给自己找一块属于自己的静谧之处，安放灵魂。我的园子于我，就是这样一块静谧之处。

　　天下很大，但一生所需其实不多，无非一方容身之所、一个怡情之地。我的园子就是我的修道场，它让我归于宁静，归于本真，它是我在喧闹红尘里的一片净土。我已经无法想象，没有这个园子，没有这一园子花草的生活，是何等枯燥、乏味。

　　这个园子叫憩园，不是什么别墅小院，不过是钢筋水泥丛林里一个顶楼露台而已。

紫
藤

春日花事

● 二月 ●

秋天播下种子的旱金莲，顽强熬过了冰冷的冬天，终于在早春，二月兰铺满花坛的时节，一朵接着一朵，开爆了盆，拥在一堆才发芽的新绿中，端的是艳丽出彩。

倚着水泥扶栏的茶花，二三十个花苞，在雪后的晴天突然一齐怒放，硕大的花朵，团结在矮矮壮壮的枝子间，暗红的颜色，深沉而显贵族气质，和小清新的二月兰互衬在花坛里，如贵妇身边簇拥着一群天真烂漫的少女，完全没有违和感。

紧挨这棵茶花树的，是枝干更有型的寿桃。不见一片叶子，殷红鼓鼓的花骨朵，安在光秃苍老的枝条上，已经有几朵迫不及待地绽开，妖娆地向水泥扶栏探出去。是故意要惊艳楼下路过的赏花人吗？

另有一棵前年邻居赠送的桃树，来时一棵纤弱幼苗，此时桃叶尚未丰满，桃枝单薄清秀，居然也开了三朵粉

茶
花

粉的花。虽然这时节外面的桃花已满山开遍，但在我家，小小的露台上，竟然也能看到桃花开，实在令人雀跃。不知道今年夏天它能否结桃子。

海棠——那盆元老级的木本贴梗海棠，一周前就靠着墙角默默开了。不，哪里默默了，分明很张扬，满枝的朱红色，像一个雍容高贵的美人，一进园就被它的艳丽吸引。想起"海棠春睡"的典故，唐明皇把他心爱的杨贵妃比作海棠花，海棠何等荣幸。

二月兰，又从空旷的花坛里长出一片浪漫紫气。有了第一年的铺垫，它们每年都会在二三月这个时候自发成片而开。今年有所不同，因为主人的疏懒，野草抢占了大片地盘，稀疏零星的几株二月兰，倒像在衬托这片绿毯似的草地。

再看挂盆上的小清新，石竹的锯齿小花、角堇的猫脸花、玛格丽特的小黄花、草莓的白色小花，都在自个角落里，羞怯地开着，也让我眼前一亮——小花也很美呀！

一大清早，我就在园子里，对这扑面而来的春色看呆了，拿手机低头歪脑袋地拍。隔壁的奶奶在露台上抱着小孙子喂饭。

"真漂亮呀！每天像住在花园里。"奶奶一边给孙子喂饭，一边朝我感叹，"再过半年，小屹也会跑过来帮你种花了。"

二
月
兰

气温一天天上升，脱了臃肿的大衣，便迫不及待地将春装翻出来，我的春播也开始了。

我有一个宝藏抽屉，打开来，五颜六色千奇百怪的小瓶子（其实都是些药瓶），齐齐整整地摆放着。每个瓶盖上都贴了标签，上写"茑萝""蜀葵""虞美人""长牵牛""矮牵牛"……

都是每一年收集起来的花籽。

从立春到谷雨期间，就可以动手把这些籽儿播下土了。盆是现成的，尽管我已经很当宝贝地爱护这些花草，但扶桑、太阳花这些南方植物总是挺不过冬天，于是，在过了一冬后，总会有许多空盆落寞地堆在墙角。这时，就可以把它们搬出来，将枯枝干叶清理掉，将盆里干硬的旧泥倒出、搅碎，拌些新的湿泥，将花籽分类，撒进松软湿润的新泥盆里。

重要的是插上标签——这盆写上"向日葵"，那盆写上"含羞草"。因为品种太多，各种小苗又都长得差不多，于是我便养成写标签的习惯。然后将一盆盆排放在通风、能见散射光的地方，保持泥土湿润，这是最要紧的。

都说一年之季在于春，春天不播种，夏天没花看。像农民一样，种花的人，三月是很忙的。

然后便是期待。

天气时暖时寒。即便知道它们不会这么快发芽，女主人还是每天跑上来，看黑黝黝的泥盆里有没有变化。

头几日自然是没有的，过了一周左右，牵牛盆里便有几棵芽顶出来，极小，嫩。接着是向日葵、含羞草、雏菊。茑萝几乎和牵牛同时出芽。

也有不出芽的。像矮牵牛，每天瞧，瞧到第十四天它还没有动静，基本就是无望了。

而那些出来的嫩绿小芽，一个个像初生婴儿，蹭着春天渐暖的风，再喝点贵如油的春雨，每天欢快地长，每天都有令人吃惊的变化。

那心情，仿佛种田农民看着麦田里的秧苗一节节拔高，满心的欢喜。

● 四月 ●

昨夜雨骤风急，早上起来，北露台才开不到一周的紫藤花，被打落得满地花瓣。几天前还是一簇簇怒放的花串，现在只剩干净的花蒂垂挂在架子上，让人内心好不惆怅。

好在前几天花儿盛开的时候，拿手机拍了下来，那些令人心花怒放的瞬间，已然以照片的形式留存下来，内心便稍感安慰。

于是去翻手机，把这些照片导出来。

每一年，紫藤只开那么几天，和樱花一样，短暂，却璀璨得无以复加。

紫藤开的时候，总是会下雨，于是一夜间，昨天还是一架子繁花似锦，今日便是一地落英缤纷。

也许正因为紫藤花期如此短暂，我对紫藤有一种特别的钟爱。

每年一到盛开期，幽幽的浓烈的香气便飘荡在北露台的整个阳光房里。

这个时候的风都是香的，空气里大概全都是香分子了吧。

以前上北露台，基本是洗洗涮涮，顺便看一眼肉肉们的长势，这几天，总是呆立在花架下，仰头，看花。

若是阳光好的日子，午后坐在北露台上，泡上一杯普洱，放上小提琴协奏曲《梁祝》，抬头瞧花，低头翻几页书，感觉时间是一寸一寸走过去的。

将手机随手拍的照片发到朋友圈，有朋友立刻激动地问："也想种一棵紫藤，好种吗？"

"极其好种。"我答。我这棵，是网上买的小苗，第二年便开花，之后年年开。如果你家有院子，种棵紫藤，

紫
藤
花
开

最好。

　　虽然紫藤花期短，但开时的烂漫会永远嵌在你记忆里。

春天，从地里细细长出来

早晨，去花坛看二月兰。

二月兰花蕾今年不多，稀疏几枝，顶着紫红小花苞，未如去年一样繁茂，却见地里长了细细密密的碎米荠，开极细小的白花，纤柔，成片，铺满了狭长的花坛地面。

起初，我并不知道这些野草叫碎米荠，拿手机里的形色（一种专门识别花草的软件）辨认才知道。大概就是荠菜吧！我想。看它开的花，极似荠菜花。后来在"植物星球"李叶飞的一篇文章里，看到写碎米荠和荠菜的区别：

"两者都是十字花科，一眼看去，花很像，白色小花，但是叶子不一样，更明显的是果不同，碎米荠是线形的长角果。"荠菜结的果，是心状三角形。

碎米荠和荠菜，都是春天的信使。在我看来，碎米荠长得更柔嫩，绿得更养眼，它们密密齐齐从地里冒出来，让我知觉，果然是春天到了。

仿佛一夜之间，世界被唤醒了，又像被画家的笔泼了一层浅浅嫩嫩的绿颜料，万物从懵懂中苏醒。

早在半个月前，浇水的时候，发现木槿的枯枝上有许多极小的芽尖冒出。从入冬开始，木槿就掉光了叶子，之后整个冬天就剩几根苍白的光杆子，以为它死了，如今看到光杆子上这些小绿芽，突然有种失而复得的惊喜。

不只是木槿，枸杞、喷雪花、三角梅、蓝雪花，都曾在几个月前掉了叶，此刻，光秃的枝条上，也都缀满了细细小小、软软嫩嫩的绿色。

月季的嫩叶是绛红色的，卷卷的。

无尽夏绣球的嫩叶也是，微微的红在老枝顶端，一层层舒展。

铁线莲，毛茸茸的初生小叶，柔软地贴着极细瘦的枝。

芍药的芽尖粗且短，似乎这样能更有力地破土而出。

空寂了一冬的长方盆里，折耳根圆圆的叶子贴着地面一点点展开，玉簪的嫩尖聚在母株球体周围，坚硬而顽强地顶出来。

那棵顶天的紫薇树，曾在一月的大雪中银装素裹，美得像一幅简笔画，不知什么时候，也披了许多细细密密的小叶子，好像忽然间从一个清瘦苍黄的老人转身变成一个活泼跳动的少年，生命的活力，滋滋从这茂密的嫩叶里生发。

这几天在露台上，每天都能看到这些细小的变化，仿佛看到初生的婴儿一天天生长。

好像昨天还沉浸在冬雪覆盖的冷寂里，忽然而至的一夜春风，把这些沉睡的枝枝条条都吹醒了。

心也每天跟着鲜活起来。

早晨沿着山脚跑步时，也有新的发现。冬天里与山融为一色的那些老树枝上一下冒出许多嫩黄浅绿的小叶，芽尖一样的叶子们如新生般，缀满了枯黑的枝头，好像一棵死了的树又活了，好像整座山都活了。

山沿峭壁上，也不知什么时候，铺开了一层绿毯似的草，纤嫩的草茎簇拥着，从石壁底下，比赛似的齐齐往上长，就连水泥扶栏上的铁锈丝上也泛出了星星点点的绿色，仔细看，原来是缠着的枯藤醒了。

下班回来，看到小区景观河边的柳树一身纤柔的新绿枝条垂到河面上，摇曳多姿，映着一旁开了好几天的玉兰和樱花，无尽地温柔。

春天，万物悄悄发出微微光泽，然你若不停下急匆匆的脚步，蹲下来细细观察和感受，很快便会错过这些惊喜。

因为它们和时间一样，稍纵即逝。

花看半开

五月的清晨，无风，天尚且不很热。

近来已经习惯比以往提早半小时起床，不跑步的日子，就到露台小客厅，把瑜伽垫打开，放上轻缓的班得瑞森林音乐，静静做两个拜日式。

沉困了一晚的肢体得到全方位舒展，感受到身体里的细胞仿佛一个个从沉睡中苏醒跃动起来。

短短十分钟的瑜伽，立刻把我从刚起床时的困顿迷糊带入一种新鲜活跃的状态，如此，迎接新的一天开始。

我们看似每一天都在重复，其实每一天都是新鲜独一的。

就像昨天看到攀爬在东面篱笆墙上的铁线莲还是两只鼓鼓的花苞，今晨，花瓣已然打开一半。

相对于花朵绽放，却喜欢看这样微张的姿态。绽放的花朵，美则美矣，但一览无余，终归少了些回味。

微开，甚至是鼓鼓的花苞时，给人期待和希望。你可以想象它完全打开后的样子，因为它还没有全部打开，就给你想象的空间。

园子里的白兰，我也喜欢看半开。

白玉似的花瓣，微微从顶部分裂开，透着娇挺的风骨，又令人浮想联翩。真的等到花瓣全部打开，就好像一个长跑者用尽力气跑到终点后瘫软在地的绵软无力，是一碰就要散架的脆弱。

况且两天以后，花瓣真就开始一片片掉落，颜色也从原来蜜蜡般的油润变黄变老，总之，是一天天不能看下去。

今晨这朵半开的铁线莲，花瓣彼此牵拉相拥，似开未开，晨曦中给人一种饱满有力的气场。

都说"花看半开，酒饮微醺"，开一半灿烂，也给欣赏者留一半期待，饮一半迷醉，也给自己留一半清醒，要达到这样的境界，真可谓不易。

余生，学半开的花，不为追求世俗成功，而对当下生活拼尽全力、殚精竭虑，丢了快乐，也不对未来丧失希望而无所行动，致人生最后因碌碌平庸而留下遗憾。

所以，梁实秋先生说，所谓"花看半开，酒饮微醺"的趣味，才是最令人低徊的境界。

小花花也迷人

或许是因为到了一定年纪，越来越喜欢小而清雅的事物。

比如路过农地，看见一大片一年蓬野草，白色的小花疏疏密密簇拥在地里长着，风吹过，小花们轻摇如群舞般的曼妙风景，总是会吸引我多看几眼。走过山脚下时，在暗淡沉重的山石间，阳光斜照下的一朵浅紫色野牵牛，在我眼里，是宝石一样的靓丽迷人。

五月，初夏，园子里小花一拨拨开出来。

绣球和三角梅开的时候，那感觉是心闸被哗哗打开的阔朗，你得想着去做点什么，才对得起它们大朵大朵拥挤着开的隆重。

但当你不经意发现草莓盆里开了一朵小花，纯纯的白，玲珑的花形，你忍不住蹲下身，眼里透出温柔，面对这朵小花。

即便像虎耳草这样，一点没有矜持，好像有不开白不开的疯野劲儿，面对这么一盆小兔耳朵一样可爱精致的小花花，就像面对一群扎着羊角辫的天真稚嫩的小女孩，你的眼里和心里，立刻会生起一种和母爱一样的柔情。

从来没有像现在这样觉得眼前这些小花是如此迷人，大概因为它们的小，才更容易俘获我的心。其实人的心是很容易被同化的，面对弱小柔软时，你又如何能竖起坚硬？唯有在强硬面前，才会调动起强硬的能量。

仿佛金银花送幽香

四月北露台的紫藤花落的时候，南露台的金银花便开始一朵朵翘首而开。

每当这个时候，一阵阵香气便弥漫整个南园，以至每晚在露台浇水时都会被那一架的香气吸引得走不开。站在满架的金银花下，一阵一阵的清香扑鼻，溢满周身，这时候便想到一个词：身心素香。

对于金银花，以前只知道晒干的花泡茶，清热解毒。每次有口腔溃疡，便要去找罐子里的金银花泡来喝，从没想到，新鲜开的金银花，竟如此地香。

初开时白色，开着开着，就变成了黄色，所以仔细看金银花，一朵里总是黄白两色夹杂。不知道的，以为它有两种颜色，后来才知这是同一朵花颜色渐变的结果。它跟双色茉莉一样，你看到的白色过几天会变成黄色。

很奇妙的开花现象。

《本草纲目》里写到，金银花三四月开花，花初开时，蕊瓣都是白色，经过两三天，就变成黄色。新旧相互夹杂，黄白相间，所以叫金银花。

原来名字是这样来的。

用"金"和"银"命名，未免有点俗气，而它另外一个名字"忍冬"就要有格调多了。即使在寒冷的冬天，金银花树的叶子也不像别的花树一样枯萎凋谢，只是颜色变得更深沉。

如此葱葱绿绿地，很快就把冬天忍过去了。

我经常走到架子下面，闻香，也看花。这一看又觉奇妙，一个蒂上开两朵花，花瓣像彼岸花一样，纤细，比彼岸花的花瓣更柔软。卷翘的姿态，好像一对展翅的飞鸟，所以金银花又叫"二花""鸳鸯藤"。薛涛有《鸳鸯草》一诗："绿英满香砌，两两鸳鸯小。但娱春日长，不管秋风早。"写的就是金银花。

和紫藤一样，金银花很容易种植，随便剪一根枝条扦插，便能成活。这株开了三四年的老藤，当年也是从一位花友家剪了根枝条插来种的，就这么的，长成了一棵"参天大树"。

给长得越来越浓密的金银花安了个高高的长方形木架，绑在不锈钢扶栏上，那些柔韧的枝藤，顺着木架迂回盘曲，一路往上长，终于，在架子最顶端拥抱成团。当花期来临时，所有的花簇拥在架子的顶端，甚是壮观，引得一大群蜜蜂纷纷从远方赶来，天天围拥在花丛中。

有一天一位几年前跟我一起学种花，如今已沉迷其间的朋友跑来问我："为什么你的金银花开得这样繁茂？"

一看我给金银花搭的架子，她豁然开朗。

枝藤乱长的时候也会看着心烦，于是就去修剪。剪下来的那些枝条拿在手里，却又不忍心扔掉，便顺手插到空的花瓶里，不久，发现水里竟然长出了细细白白的根，第二年，这几根水培的金银花，居然在瓶里开出了花。

很想学成都的好友小云，摘下半开的金银花，晒干、泡茶，可是对于花，潜意识里还是只能接受欣赏、闻香，像小云这样，看到什么花都能想到是否可以用来做吃的的境界，我还真是无法企及，所以最后还是不去实践。

面对开满一树的金银花，天真浪漫的我也许只适合站在花下，深情而文艺地朗读纳博科夫的那首诗：

> 空气清爽，甜润，芬芳，
> 仿佛金银花送幽香！
> 叶尖低低垂，且把玉珠坠。

金银花

白兰花的白，特丽莎的紫

入梅雨季以后连着几天下雨，今天雨停，早晨发现白兰花在枝叶间齐刷刷地开了。

带着雨滴的白兰花，香气被雨水重重掩盖了，但只要走到跟前，一股清香即刻沁入鼻孔，弥漫周身，令我无法移开步子。

对白兰花情有独钟，大概是因为它承载着我儿时的更多美好记忆。

将两朵香气扑鼻、半开的白兰花穿在线上，挂在脖子间，或者放在铅笔盒里，那是物质极其匮乏的童年时对美的一种懵懂认知。

就在这棵盛开的白兰树底下，这几天，特丽莎也开得一片梦幻般的紫。

唇形科，香菜属，它还有一个更浪漫的名字叫"梦娜薰衣草"，花朵和名字都如此别致的品种，竟来自环境极端恶劣的南非。

特丽莎有一种特殊的香气，据说有驱蚊功效，所以当时在花市买它的时候只记下花店老板告诉我它叫吸毒草。想到每年因家中植物众多，夏天遭蚊虫围困的痛苦，就买一盆吧！

驱蚊功效有没有倒没验证到，夏天一到，家里还是满屋蚊子嗡嗡，没想到它的花竟这么好看，小巧玲珑，清新又典雅，紫色偏蓝的颜色，高贵、浪漫。像大多数唇形科植物一样，梦娜薰衣草不娇气，培植很容易。

这盆种了几年，一直没想到分株培育，半个月前，趁它还没开花，剪了好几根枝条扦插，放在后窗台阴处，这几天连着雨天，居然一株株都活了。

也许正是因为如此容易扦插培植，花市里这么好看迷人的特丽莎居然卖得很便宜。

白兰花一朵朵开满后，特丽莎也一朵朵跟着开。

白兰花的白、梦娜薰衣草的紫，在我的露台上，绝对不抢眼，更不招摇，但总有一种神奇的魔力吸引我，每次下班回来，去露台总会特意看看它们今天又开了多少。

前段时间关了朋友圈，感觉每天多出了许多时间赏花。

生活就是这样，你把时间和精力花在那里，这里就会少许多享受。朋友圈里尽是别人的风光，我们总是喜欢把时间更多投放在关注别人做什么，却不去多花点时间关注身边的这些小美好。其实真正滋养我们的正是这些

安安静静的事物，别人的生活，只会带给我们更多焦虑。

父亲在医院做了个小手术，今天出院。父亲和母亲，年轻时也算自由恋爱，在我的记忆中却争吵不休，总为一点生活小事争得面红耳赤，一生的性情、脾气，也不是说改就能改的。

这次在医院里，父亲依旧秉性不改，而母亲却多了些担待。想这么大的年纪、曾经那样身强力壮的一个男人竟然躺在病房里，因着麻醉药劲儿过后苏醒的疼痛而呻吟，那一刻，母亲心里装得更多的是心疼，便不再对父亲急躁的脾气有怨言。

脾气同样急躁的母亲，开始学会忍让和迁就，对父亲的挑剔、苛刻，总是带着嘲笑般的自我解脱："你看看，都躺在病床上了，还这么横！"不再像以前那样硬生生顶撞。

送父亲回家时，再三嘱咐他，回去一定要坚持做康复训练，母亲接上来，说："放心吧，我一定会监督他。"

那一刻，心里突然很感动。

也许父亲的这场意外，会改变他和母亲这一生的彼此看不顺眼。

父亲和母亲，也正需要这样的生活磨砺，让他们明白，彼此还能这样相守的时日，不多了。

你见过含羞草开花吗

从小就觉得含羞草是一种神奇的植物——哪里还有比它更有趣的，被触碰叶子会害羞？

有一年，种了含羞草，居然看到了它开花。

毛茸茸、极可爱的杨梅一样的小球，浅紫色，从叶腋间顶出来，羽状复叶像一把张开的扇子，托着一颗颗紫色小球，很是讨人喜欢。

那是十月的第一天，阳光极好，我没有随大溜出门去看人山人头，那天依旧打算浪费在露台上。

发现含羞草开了花，数数，竟有一二十朵。

早已过了好奇心爆棚的年纪，种盆含羞草，自然不是为小时候那样逗它。花友绝色送的籽，春天随手撒在土里，没想到，竟然让我看到从来不曾见过的奇特的花。

因为"怕痒"的特性，含羞草有很多别名，如感应草、喝呼草、知羞草、怕丑草，有外国人叫它"别碰我草""害羞的处女"，实在也是有趣。

说起含羞草的这种特性，是有一定历史渊源的。

它的老家在热带南美洲的巴西，那里常有大风大雨。每当雨滴打着叶子时，含羞草便用叶子闭合、叶柄下垂的方法，来躲避狂风暴雨的伤害。

所以，说起来，含羞草这种奇特行为，其实是一种自我保护。

含羞草叶子里有一个特殊机关——叶枕。这种叶枕，充当水泵的作用，当我们用手指触碰含羞草的叶子时，就刺激了这个"水泵"，叶枕细胞瞬间失水，叶子就像我们看到的那样，耷拉，卷曲。但过一会儿，叶枕细胞又自动充满了水分，于是下垂的叶子又迅速张开，坚挺起来。

这个节假日，我又在读一本外国作家写的《怎样观察一朵花》，其中豆科一章里写含羞草的花："在含羞草亚科的植物中，花瓣较小，被雄蕊抢了风头，雄蕊是长而有色的细丝，通常排列为球头。"

天啦，原来小绒球表面一根根极好看的紫色细丝竟然是花的雄蕊。因为雄蕊抢了花瓣的风头，所以我们看不到含羞草的花瓣。

植物世界真是千奇百怪，光怪陆离。

如果不是因为种了这么多花，我大概不会看到它们的五彩世界竟如此庞大、深邃。

如果不是因为想写这些花，我肯定也不会这样去认真研究它们的微观世界，竟如此妙不可言。

像许多豆科类一样，开完花后，含羞草带刺的枝条上便开始结籽。小小的扁扁的荚果，一串能结十来颗。等这些荚果从青绿色变成褐色，肚皮鼓鼓的，很饱满了，就可以摘下来，放进我的种子抽屉里。来年春天，自己播五六粒，其余的，分给爱花的伙伴。

跟牵牛一样，含羞草的籽，播下几粒，就能出几株苗，出芽率百分百，真是跟草一样，皮实。

含
羞
草

西双版纳

太阳花

　　三毛在她的收藏集《我的宝贝》里，写过曾经收藏的一只羊皮鼓的故事。

　　三毛和朋友去沙漠的荒野露营，经常会带上面粉、白糖之类的东西——那是沙漠人需要的。那一次，她和荷西把这些食品赠送给当地生活窘迫的一家人，事后也就忘了。十几天以后，这家的一个人居然带着一个奴隶上门拜访，说要把这个黑人奴隶赠送给三毛，把三毛吓得连声拒绝，这个沙漠人只好从面粉口袋里掏出一只羊皮鼓送给她。这份礼物让三毛和荷西欢喜不已，收藏了这只羊皮鼓，并戏谑地和荷西一起叫它"奴隶"。

　　几年前我去云南旅游，也收获了一件宝贝，是当地的太阳花。

　　那是在我们去西双版纳的原始森林里游玩时遇见的。

　　对于我们这些久居城市、生活过得单调且重复的游客，原始森林的纯朴、野性、奇异、梦幻深深吸引着我们。

几个人像一支探险小分队，在一位女导游带领下，穿梭在不知道前面会出现什么惊喜抑或危险的茂密丛林里。原始森林里的大树，高大得须仰视一百八十度才能看到顶，苍老得仿佛已在这里生长了千年。丛林里少见阳光，一路密林遮挡，脚下，一会儿是坑洼临溪的石子小路，一会儿是摇晃高耸的竹栈道。一不小心，脚下会踩到一坨野象大便，抬头会偶遇挂在枝头红得诱人的野果，还有建在树上的木头小屋……

一路跟随导游，在丛林里走得昏天黑地，不知今夕何年。

也不知走了多久，当前面有亮光微微透射进来，又隐约听到有人的嘈杂声，看到房子时，我们才仿佛重又踏入人间，结束了这趟探险之旅。

在往门口走的路上，灵魂恍惚还留在昏暗丛林里的我，猛然看见路的两边脚下铺满了一大片低矮小花，花瓣粉嫩，柔软绵薄，很像迷你的小牡丹。

一下便吸引住了我！

导游见我蹲在花丛前，告诉我这叫太阳花，那一刻我更惊诧了。向来对奇异美花没有免疫力的我，很快就将两根枝条顺走。

回到家，第一件事便是把行李箱里跟着我从云南

"空运"而来的太阳花枝条拿出来。在行李箱里闷了两天，枝条早已变得干瘪、软塌，虽然有点担心它们还能不能活，但我还是找了个盆，将它们插到土里，在内心里，还是抱着一点希望的。

奇迹是在几天后出现的。有一天我去浇水，在一直不见起色的枝条上有新的发现，一棵细小的绿芽贴在枝条一侧，原本干瘪的枝条，似乎也饱满鲜活了许多。

这个发现让我心头雀跃。

接下来，就是每天去看惊喜——枝条上的绿芽越来越多，枝干也越来越坚挺，绿芽抽出，渐渐长成新的嫩枝。在江南湿润的六月，它好似找到了故乡的魂，长势简直让我目瞪口呆，不到一个月，竟是泼泼洒洒一盆了。

终于有一天，在这盆葱郁的枝条上，发现了第一个花苞。

很快地，小花苞全部打开，一朵在云南原始森林里见过的粉色小花施施然开在我的露台上。

那个夏天，每天看着这盆太阳花一朵朵在枝上温柔又热闹地开。少女系的粉色，花瓣层叠有致，仿佛一层层向你透露自己的心事，足以让看花人内心变得澄澈，回到那个天真爱幻想的美好年代。

每次这么静静看它时，我总是不由得在心里感叹：好一朵精致美丽的太阳花！

　　所有太阳花都一样，我随便剪下一根枝条插到土里，不久便又是泼泼洒洒一盆。于是我很慷慨地剪下许多枝条，分送给身边花友们，并顺带送出它的故事——告诉他们我是如何在云南原始森林里发现它，又如何带着它的枝条坐两趟飞机，跋山涉水，从遥远的西双版纳带到杭州。这花在我那些爱花朋友的眼里，便是非同一般的太阳花，他们拿回去后更加喜欢和爱护——多珍贵的客人啊！

　　就这样，每年夏天，在我的园子里，你都能看到这种从云南原始森林里来的太阳花花团锦簇、风华绝代地盛开，我把它叫作"西双版纳太阳花"。如果有一天你来到我的园子，我一样会送你一根枝条，和它的故事。

太
阳
花

书带草

这盆被我养在南园墙角、披着葱叶般细长叶子的植物，花友青告诉我，叫兰花三七。

兰花三七，这名字真好听，虽然它长得比兰花粗朴。

叶子确似兰花叶，却比兰花更蓬勃、茂密，一大簇郁郁繁繁，柔柔垂垂遮住了整个盆。我北园的两盆兰花——九节兰和建兰，养了好多年，还是很清秀的样子。

夏天开花，一串串淡紫色穗状小花，伏在葳蕤的细叶间，很雅致。大多数时候，是一丛墨绿的叶子，便只当一盆草养着，浇水时才去顾一面。

有一次读一本名为《又自在又美丽》的植物书，作者在立秋篇里写书带草一文，仔细读下来，竟让我意外地惊喜。

"夏至过半的时候，路边的书带草便开花了。带状的叶子葳蕤披拂，细长的花莛端庄多姿，粉紫色的花秀巧精致。到了大暑，已经开成片。立秋，书带草结出圆圆的小豌豆大小的果子，初时绿色，成熟后变成蓝紫色。"

这，不就是我园子墙角的那盆兰花三七嘛！

原来就是书带草。

养了两三年，印象中，它开了粉紫色花后，秋天确有结出"初时绿色，成熟后变成蓝紫色"的果子。只是，当时因为不知道它是书带草，甚至连"兰花三七"这个名字也还未知，便没有认真去留意。

也不能怪我，园子里，尤其是南园，开得好看的花实在太多，有时甚至连看都看不过来（这话可一点都没说过头），忽略这样一盆常年碧青、开花又如此低调的植物，也是情有可原的。

更何况，小城一个幽静的湖边，多的是这种植物。

我大概也记起来了，这盆书带草，就是某天去湖边闲逛时挖来的。

湖叫湘湖，那几年里，我经常去湖边。

没什么事，就是随便走走，幽静。尤其不是双休日时，走在树荫草坪间，远望对面山岚迷蒙，湖中拱桥成影，林间鸟虫低语，更有那清脆悦耳的轻音乐从地面播放器里传来，这样的景色，真有"天地有大美而不言"的境界。

回来的时候，看见路边树荫下一片低伏的植物，带状绿叶柔柔韧韧四下垂伏，其间还开了浅紫色的穗状花序，绵延一大片，颇为壮观。心里想着，挖一棵回去种吧。便去车里拿了小铲子（不怕你笑话，车里常备），小心翼翼挖了两株回来。觉得它不像园子里其他艳丽的花需要太多阳光，便一直把它们放在墙角阴处。

没想到，它们就在这个墙角阴处，欣欣勃勃长了一大盆，并且开了紫色的穗状小花。

书带草在古代，还是极受文人喜爱的。李渔就曾因未得见书带草而抱憾，还在他的《闲情偶寄》里记了一笔："书带草其名极佳，苦不得见。""书带草"一名更是缘自一位姓郑的汉代经学大家，据说这位经学大家经常在书院附近采书带草细长柔韧的叶来捆绑书籍，故而这种植物又叫郑公草。

于是我闲来无事，去扯那书带草的叶，叶子果然如麻绳般柔软坚韧，徒手竟然扯不断。

大概是因为它不登大堂大室，喜欢长在林间石隙、庭院墙角、水边阶下，所以又叫沿阶草。而它生性强健，无须多照顾便长成一个翠绿鲜润的圆墩形，所以又有一名叫秀墩草。园林艺术家和文化大家陈从周先生尤爱书带草，把出的散文集命名为《书带集》，可见其喜欢程度。陈先生形容书带草，有"温顺敦厚、朴素大方的美态"，实不为过。

而我与书带草的欢喜，竟是在得知其名后。这也是近年来种花的一种得意和乐趣。在日复一日种养的过程中，渐渐识得每一盆花草的生物属性（其名、其属、其习性），直至挖掘那些藏在时光深处的人文历史趣事，一盆简单朴素的花草，倏尔就变得有了内涵。至此，它也不只是一盆花草了。

对了，书带草纺锤形的肉质块根可食，清心润肺，养胃生津，中医名曰麦冬。

书
带
草

寒风里的月季

春节假期几日天气一直灰蒙阴冷，不想出门，便躲在暖空调房里，读沈熹微《在人群中消失的日子》。

我发现，越是热闹的节日，越喜欢待在家里，享受一个人精神世界的狂欢。

文字太伤感，读了三分之一，便读不下去。

放下书，走出书房，习惯性地走进露台。

从书房温暖舒适的世界出来，露台外的寒冷，立刻像埋伏已久伺机出袭的怪魔裹挟了我，忍不住打了一个寒战，把脖子紧紧往羽绒大衣里缩。

整个园子就像这天色一样灰蒙、暗淡。自从进入秋天，色彩便开始一拨拨褪去，眼睁睁看着园子从一幅斑斓的油画变成水粉淡墨，最后定格在老树的水墨画上。

这样的变化我一年年经历着，无论生机盎然还是枯败萧条，都在我触手可及之处转换。如果跳出地球，从宇宙层面来看地球上的我们，芸芸众生何尝不是这些枯荣交替的植物？

如此一想，便对这位被疾病夺去生命的作者的痛惜有些许释然。

前两天我看到墙角开了一朵月季，孤单的粉色，在灰暗的角落里，很醒目。今天走进露台，这朵色彩粉嫩的月季依然首先吸引了我。

虽然花瓣有几片零落，但依然透着妩媚。

正是下午，躲了一个上午的太阳，终于从云层里透出来，阳光柔柔洒进园子，感到周身被暖暖的阳光包围，突然就觉得没刚出来时那么冷了。

冬天我很少有兴趣拍照，因为没有东西可拍。看到这朵月季，我马上有要去拿相机的冲动，说不出原因，大概是因为它开在这个寒冷的当下，太遗世独立了。

其实我是被这朵月季感动了。

是什么力量、怎样的契机，让它一定要在这样一个寒冷的冬天开？

有一个女孩，在我捧着她的书，被她细腻而坚强的文字打动的前两天，消失在这个世界上了。

"事实上是，我不知道能否挺过去。好像除此之外从来没有别的选择……怎么样都要战斗到最后。也很有兴趣，看看自己的终点在哪里。"

"看着那冉冉升起的金色逐渐铺满山岗，觉得这样的日子还会有很多。"

也许越是知道自己离生命尽头不远，就越能这样沉静坦然地把自己交出来，写下这些内心淡定又充满希望的文字。我们之所以那样恐惧死亡，是因为它离我们太遥远，遥远到我们不知道死亡什么时候会来，而沈熹微内心有所感知。

十六岁就知道自己的病况，从此走上与病痛抗争的路，这一路的艰辛没法描述，她用文字疗愈疼痛，用比一般人更易感知的生活中各种小美好稀释这份艰辛。

在四处奔波求医问诊的路程中，沈熹微总会用心拍下美得令人赞叹的照片发到公众号上。如果不是细读那些带着伤感又疼痛的文字，一定会以为她是一个到处去旅行、生活多姿多彩的幸福女孩。

在她的微信公众号上，我偶然翻到她的照片——在三亚海边阔朗的椰树下，戴着帽子，披一件蓝色针织套衫，看上去那样清丽端庄，哪里看得出她已深陷疾病的疼痛里。

她也爱种植，精神不错的时候会佝偻着培土、拔草，给植物浇水、晒阳光，并感叹说"不是我在料理植物，而是植物在料理我"。

身体虽然备受折磨，心却依旧温暖明媚。

月

季

肉身在这个世界消失了，却留下了这些触动灵魂的文字温暖人心。

几天以后，月季终究还是凋落了，整个园子又恢复清寂。但是，有什么关系呢？我记得它的妖媚曾在一个凄冷的冬天温暖过我，就像那个用文字温暖人心的内心明媚的女孩。

下——雪——了

这个冬天下了一场不大不小的雪。

记忆中，小时候，下雪可不像现在这么稀罕，好像一到过年，外面便一片冰天雪地，总是要冒着纷飞的雪，深一脚浅一脚地去亲戚家做客。雪不仅下得大，下的时间长得好像一个冬天都在下。一路上，厚厚的积雪没过脚上穿的半高塑料雨靴，还没到客人家里，双脚已然冻麻。池塘里的冰块、屋檐的冰凌一个月不化。出门没有羽绒衣，屋里没有空调，下雪，对于那个年代的我们，是件极痛苦的事。

然现在听说要下雪，那简直就是件大喜的事。

早一个星期，气象局预报将下雪，于是全民开始殷切期盼。那心情，就像等一个恋人赴约。

那一天，我推开露台门。

哇！

眼前出现的，是一个童话般的世界。

园子里几个月来已经不甚养眼的植物们，一夜之间，一个个都被披上了一层白色绒花，霎时间，感觉整个世界如此纯净、宁静，脑子里立刻跳出一个词：银装素裹。

自从进入十一月，那些用尽了力气，张扬了一个夏天的花草，终于一个个开始收敛精气神，落花的落花，掉叶的掉叶，枯枝的枯枝。眼见它们一天天从青翠碧绿变成枯黄颓败，看花人的心情也从欣喜雀跃渐渐归于平静。

一到冬天就成光杆司令的紫薇树，如今枝丫上托着松软的白白的雪，看上去好像独有风味的简笔画。

虽然每年都不开一朵花，但它每年从春天开始冒出绿芽，直到夏天枝叶葳蕤，自成风景。经常有知了停在手臂粗的树干上，从早到晚一动不动，鸣叫声时常会令我停下手中正在做的事，竖起耳朵呆呆听，大概是被勾起了童年的记忆。然后，到了冬天，蝉声消失无影，叶子渐次掉落，最后只剩光秃而清秀的枝干，伸向半空，对着对面那山头，好像一个孤寂老人。

而因为这场雪，它有了另一种味道。

枝条交错的金银花顶上，好像覆盖了一床厚厚的棉絮，地板上、木方桌上，也好像铺了厚厚一层棉绒毯，我的每一盆放在露天的花草，都接到了老天赐予的这份白色礼物，放眼望去，园子已然在一个童话世界里。你可以想象，我站在门框旁久久地不敢跨出去的神情，是因为怕一脚踩碎了这个纯净的世界。

每天抬头即望的北干山，也一改以往的呆板、沉硬。整座山，因为雪的覆盖，即便只是散落的薄薄的一层白色，也变得极有仙气。这种飘渺的、雾霭迷蒙的仙气，使得一座原本沉默的山，变得轻盈、灵动。

不是每年都能看到雪景，因而下一场雪，除了沉睡在每个人身体里的快乐因子瞬间被激活，从而带来一场雪的狂欢，这些平时沉闷素朴的山啊、树啊、草啊，也好像突然换了新颜，呈现令人惊叹的美。

这便是雪带给这个世界的惊喜。

已经不在意冷了，只有"哇，好美啊"的惊叹。

第二天，当我又一次走上露台，站在这个雪白的世界里时，突然想到，我可以做点什么，为这场雪。

我知道我可以做什么。当我双手插进雪堆里，抓起一捧捧松软的雪，把它们捏到一起，一种奇妙的感觉，瞬间充满全身。那是一种久违的，包括好玩、新鲜、刺激，还有冰冷、刺骨、麻痛的感觉。

所有的感觉最后汇成一种——孩童般的快乐。

你猜得不错，我在下了雪的露台上，堆了一个雪人。

我把女儿以前戴过的宽檐凉帽找来，安在雪人头上，于是一个可人的小女孩雪人就这样诞生了。

虽然它看上去如此简陋、粗糙，但是很可爱，不

紫苏

是吗?

雪人的出现,使这个清寂的园子突然活泼起来。

而更感动的是我自己——我竟然像个小孩一样,一个人,在铺满雪的露台上堆了一个雪人。

这真是一件不可思议的事。

不过是堆了一个雪人,何以令我如此激动?

也许是因为感觉自己又变回小孩子,童心,从久远的时代,又回到了我身上。

二冬说:"这场雪来之前我就想着,下雪的时候,一定出去走一走,因为生命的维度是因'不同'才变长的,假如下这场雪时我不出去走走,那么我这两天,就会和前两天一样,每天躲在被窝里,没什么区别。"

二冬说得没错。

过不了几天,雪很快就会消失不见,再来,便是明年的事了(明年也未必会来)。

生命中有很多事不会重来。

但我想,我没有辜负这场雪,真的。

养
一
盆
水
仙

每年冬天都会养一盆水仙，今年也不例外。

入冬前去花市买两个球，把表面的干土拨干净，将它们挨挤着放进扁浅黑色釉彩盆里，加入半盆清水，搁于南园木桌子上，保证阳光能够晒到，接下来便是等候时间的催化。

无须多花精力，你只要每天来看看它，隔十天往盆里加点水。每次看它的时候，它似乎也没多大变化，但其实还是有变化的。从枯球里抽出了芽尖，芽尖又长成蒜苗似的叶子，从三两片到五六片，一点点往上长，差不多一个月时间，已是郁郁葱葱一盆了。

不过，今年这盆水仙，还是经历了一番小曲折。

今年年初下了一场不小的雪，第二天上楼时，见一直放在外面的水仙盆几乎被埋进雪里，才想起入冬前，早早搬进了不受冻的三角梅，挪进了扶桑、茉莉，竟在这场雪来临前忘了把这盆水仙拿进来。

刚刚长了两寸青叶的水仙盆里，已经结了硬硬的冰块。

怀着深深的愧疚，把它拿进里屋，想，不会冻死了吧？

几天后雪停，天放晴，马上又拿出去。水仙的枝叶需要太阳抚晒，才不会长得东倒西歪，这样叶子会渐渐挺拔、浓密。半个月后，竟然看见有花苞在粗壮有型的枝叶间隐现。

看来即便是冰冻严寒天，也不能把水仙怎么样，它果然是个粗犷、毫不矫情的主儿。

说起来水培的植物养起来都很简单，但是，再没有像水仙这种植物养起来如此简单、开起花来又如此清雅好看的了！

元宵节这天，下雨，水仙开了第一批，几个花苞优雅地打开，沾着雨滴的白色小花，托着嫩黄的心，水灵灵的。

惊蛰前一天，阳光明媚，天热得好像倏忽跨过了春天，大概是这阵热风的催生，盆里所有花苞全部打开，春日下，如此地洁白如玉，如此地清丽脱俗，一朵朵犹如小女孩的笑脸。

"借水开花自一奇，水沉为骨玉为肌。"这清秀的白、这淡淡的香，仿佛没有一丝污染，是从灵魂里沁出来的

水
仙

干净。

　　想来再没有比水仙这么干净的花了，不沾泥土，清水一勺，几粒小石，又兼清风和阳光沐洗，如此素朴且简单，却又如此地令你喜爱。怪道李渔那般痴爱水仙："若如水仙之淡而多姿，不动不摇，而能作态者，吾实未之见也。"

　　每年的不同季节，李渔都钦定一种花做他的陪伴佳偶。如若一季缺了一种花，便是夺他一季之命了，而春天便以水仙为命。

　　于是我知道为什么自己如此喜爱养水仙了。

　　你看着水仙的花，眼睛会清澈起来，灵魂会空灵起来，仿佛你也像这盆水仙的花一样，素净、清明，杂念和污浊都随之遁去。

　　在这个焦躁的世界里，养一盆水仙，你也会变得像水仙一样洁净。

过程
才是最美妙的

暑夏过去后的初秋，去花友青家。

青的屋顶花园一如既往地迷人多姿，每次来都有不一样的美，可这一次，这里似乎少了以往那些姹紫嫣红，多了些葱葱翠翠的绿意。

黄木香枝繁叶盛，长长的枝藤舒展到半空中；夜来香绿叶婆娑，枝干直挺；杉树阔叶如扇……只有几盆三角梅，在这些绿意间，开着红的、白的、宫粉的花。

"今年夏天太热，花们都歇气了。"青说，无奈的口气。

"好在秋天到了，植物们又都开始生长了。"青又说。

"咦，你那些肉肉呢？"

春天来青家，看到她为了让多肉出状态，把一盆盆搬到了屋顶，给它们全方位阳光暴晒，整个屋顶简直开了一个多肉展，也算让我开了眼界。

"肉肉也死掉好多啊！"

青养多肉很多年，那些盆，都是她一株一株，像养孩子一样亲手栽培，直至养到现在气度不凡的老桩样，没想到，这些让青引以为傲的多肉，竟然也因为今年夏天的酷热死了很多。

没有比看着一盆亲手栽大的花草在自己手里一点点萎靡却无能为力再让人感到心疼的了。

想起家里乱成堆的空盆，都是夏天受不住那阵热，一盆盆在自己眼皮底下枯死而留下的。当然也想尽一切办法抢救过——将它们从楼上闷热的玻璃房挪到楼下通风的北窗口，甚至拿到单位办公室，给它们享受空调的恒温，可是最后，还是人力抵不过天力。

听了青的感叹，我心里瞬间也就平衡了许多。每一年的夏天和冬天，都会有一批花草因为经受不了极端的炎热和寒冷而枯萎、冻死。即便像青这样的资深种花高手，也无力挽救。心痛是难免的，但心痛之后，花友们依然会在凉爽的秋天和温暖的春天重拾河山，投入新一轮栽培，即便知道，明年的夏天，依然可能有很多花草因严酷的热而死掉。

我跟朋友说，以前死了一盆花，都会心疼得要命，现在，不会了。

不是心肠硬了，而是在这个过程中渐渐明白，花开花落是常态，生死无常更是自然规律，享受种植过程中那份无法和别人说的快乐，那份立在花草们中间瞬间所有烦恼愁闷烟消云散、世界变得清明澄澈的感受。

青带我去看她的另一个窗台角，指着一个用塑料袋包起来的盆，说是刚扦插的三角梅枝条，用塑料袋包起来是为了保湿。另一株被砍了头的多肉，很漂亮的一棵静夜，但仔细看，老桩底部已经黑腐，若不把上面还有生机的头砍下进行"抢救"（切下还有生机的头，晾一天等切口结疤后，再重新扦插培植），这棵美丽的静夜不久也将没了。"不过，这个季节救活它应该没有问题。"青胸有成竹地说。

秋天到了，趁着这个温润时节，花友们又要开始新一轮种植的忙碌。每次去青家，拿一些花籽剪几根枝条是必须的。这次青给了我许多旱金莲籽，正好可以趁这个时候秋播，她又剪了很多枝条给我。不知什么原因，每次拿走的枝条，扦插的成活率很低，但是，坚韧不屈的我依然每次都要许多。播下的都是期待，就是这份期待，足以让你每天都过得好有盼头的样子。

植物作家翅鸣在她的《又自在又美丽》一书里曾说：

"如果把来到这个世界仅仅看作是一趟直奔目的地而去的行程，那目的地不过就是一个地名而已。停下疾行的脚步，在一根草、一朵花、一棵树下逗留，凝视它们，触碰它们，只有不把'看'仅仅当作一种简单的视觉行为，我们才可以'看见'。"

"当看清了苍莽万物此与彼之间每一点细微的差异和美丽，我们便拥有了一个不只是路过的人生。"

小院梦想

　　拥有一个院子，种菜种花，每天在清晨阳光下打理花草，静静读书，这大概是许多有田园和文艺情结的城里人最大的梦想了吧！

　　郑州的刘娟就做到了。

　　"在城市的郊区，有房几间，有田半亩，房前种花，屋后种菜。读书写字累了，就去照顾一下花草和蔬菜。"刘娟说十年前她就有这样一个梦想。

　　但毕竟现实很残酷，为了生活，刘娟像大多数人一样，冲到红尘旋涡里很认真地拼。但终于有一天厌了，即便这样的拼最后给她带来充裕的生活、别人羡慕的名声，也并没有让她感到快乐。

　　一个偶然的机会，她租了郊外一块地，空余时间跑去种菜。双脚踩在泥土地上，路边野草小花一片，没有付出多少时间和精力，却收获许多意外成果，这使她感到非常纯粹的快乐。

多
肉
组
合

终于有一天，她彻底辞去城里的工作，跑去郊区租下更大的地，还亲手建造一间小木屋，在远离城市几十公里的郊外住下来，过起了"读书、写字、种地"的真实田园生活。

刘娟写她转身后建梦想小院经历的书《我的田园生活》，封面是戴编织凉帽、穿素衣布裙的她蹲在一片青绿绿的菜地里，清新自然的场景在我眼里，美极了！

谁说农妇一定是蓬头垢面、灰头土脸的，新时代的"农妇"可以这样优雅到令人难以置信。

如今刘娟的田园生活已经真真切切过了将近两年。这两年里，她一个人在农场菜园里耕种，晨起看露珠，听鸟鸣，出门有野花可见，小院里鲜花烂漫，她跟季节一起，春耕秋收，夏耘冬藏。

每一天，她都过得充实、有质感。

她还在农场的菜地旁挖了几孔窑洞给孩子们开读书屋，召集一批志同道合的人经营健康农产品，又陆续开了"我的田园""桃花社""文学社"，一群人一起画画、写字……当然，未来还会有更新奇、意想不到的创意发生在她的田园生活里。

因这几年在露台种花，我大概也算过上了别人羡慕的所谓"诗意生活"，然而比起刘娟的勇敢、坚定，她的认真，实在是无法比，但回头想想，我对她每天浸浴在大自然里的那份真实的快乐，却完全感同身受。

　　每个休息日，我都喜欢待在楼上露台上，一个人待上一整天，把外界的各种纷扰屏蔽在这一方小天地外。从清晨薄曦微照坐到午后夕阳斜射，看阳光从这面木栅栏墙移到那一面，看月季花瓣上的露珠一点点被暖阳吸收了去，看蝴蝶停在一朵花上好久不肯离去，看经常来的两只白头翁叽叽喳喳蹿到树梢又呼啦啦飞走，感觉时间是在一寸一寸度过。有时候放起音乐，捧起书，一天里即便一个人，也从无寂寞无聊之感，反倒感觉内心如此鲜活、丰富，各种奇妙的念头和灵感随时涌现，好像灵魂里有无穷的潜能在一点点被开发。

　　生命不应该是这样的吗？每一天都要是平静的、享受的，而不是焦虑的、烦躁的，像刘娟说的，在大自然里，自己变成了渴望成为的那个人：清秀、轻灵，内心仿佛有一股清澈的小溪日夜汩汩流淌。

　　生命给予我们的光阴，难道不应该这样度过吗？看阳光洒在万物上，万物灵动，雨水淋在花草上，花草滋润。而我们，也应该和万物一起，每天都能享受大自然的一切好东西——感受花开的美好、清风吹拂的温馨、阳光洒在身上的暖意……

　　我的许多朋友都拥有属于自己的花园，虽然只是在城市里，但她们在繁忙的工作之余，心灵手巧打造自己心中的"梦想小院"，每天有花草相伴，每一天都过得诗意、滋润。她们虽然不能像刘娟这样，义无反顾抛开所有尘事束缚，去农村过真正的田园生活，但她们在有限的条件下，一样把时间过成自己想要的样子。

即便不能一下子实现梦想，也可以先一点点做起来。

每天我们在人群里，必须戴起不同的面具，应付各种并无多少意义的人际交往，人是被限制的，心是被束缚的，然而刘娟在她的小院里写道：

"关上栅栏门，我的菜园里只有阳光、清风、鸟鸣和蔬菜们的窃窃私语。"

"在田野里，我找回了那个我喜欢的自己。"

梦想也许并没有那么遥不可及，它一定会出现在这些努力且执着的人的世界里。

推窗时有蝶飞来

我时而会在园子里

看见这只美丽的花蝴蝶

从这一头，飞到那一头

从这一朵花，飞向那一朵花

整整一个上午

不肯离去

总是这一只我熟悉的花蝴蝶

记得有一次它被我不小心关在纱窗里

像一只被囚禁的鸟

扑腾着急切要冲出牢笼的样子

令我忍俊不禁

而这一次

它又匍匐在

这盆开得满天星一样的花丛中

有时扑腾起彩色的翅膀俏皮舞动

有时安静趴在花枝上好像睡着了一样

有时又突然隐没在白色小花丛里

总之，久久不肯飞走

好像它知道我在观察它

故意跟我捉迷藏

你从哪里来

你一定认识了来这里的路

不然

为什么我总会在园子里看到你

辑二

花事未了

你可曾真正地观察过你家里的花草？你可曾允许那熟悉又神秘、被我们称为『植物』的生命体，向你教授它的秘密？你可曾留意过它处于多么深沉的平和之中？你可曾意识到它如何被宁静所笼罩着？当你感知植物散发出宁静与平和的那一刻，那株植物便是你的心灵导师了。

——埃克哈特·托利《当下的力量二》

农妇的快乐

深夜读吴淡如《遇见生活中的小情调》一书，读到作者写：

"从未曾想过，有一天，我会戴起我的猪鼻子口罩，穿着宽大的工作服，站在蚊蝇飞舞的陶艺工作室后院，忍耐着轰隆轰隆的马达声，聚精会神地为素烧好的胚上釉。"

瞬间便心有戚戚焉。尽管作者写的是做陶艺，但这种"真心欢喜地玩泥土"的心情，却是如此说到我的心里去。

某个休息日，我突发奇想要给早已看不顺眼的几盆花换盆，或者刚去了趟花市，要把采购来的小苗移入盆，这天，便是我的劳动日。

这个时候你千万别来看我，不然肯定会吓一跳。此刻的我，乱发蓬松，双手沾满泥巴，灰头土脸，汗湿衣背，完全是一个农妇的形象。

脚边是一堆材料和工具——土、盆、剪刀和铲子，还有一盆盆等着我整理的花堆在一边，各种狼藉和凌乱。泥土要现场配制（种花人从来不把花直接种在农地挖来的土里），用营养土、蛭石、珍珠岩，外加一个专用的配制桶。哪种花搭配哪个盆，种花可不仅仅是个体力活儿，脑子也要快速把积累的审美经验即刻用上。往往这一动手便没了时间概念，忘了厨房茶壶里还烧着水，洗衣机里还滚着一桶衣服，前几天一起出行的朋友等着我把相机里的照片传过去……可是，这一刻，就是移不开步子，停不下来。

终于把每一盆都安置好，直起腰身拍拍手，把整理好的花盆放到庇荫处，淋上水，这才安心坐下来歇一会儿，看着手下的"作品"，轻松满意的心情，好像一个医学生终于完成拖了半年的论文。

也奇怪，小时候，多么厌恶土地，发奋读书，就是为了有一天可以离开眼前这块讨厌的黑土，过上一年三百六十五天天天双手不用沾泥的日子，却在人到中年时返身，又回来与泥土打交道。

经常有人来到我的园子，羡慕间不忘诧异地问："这么多花草，你是怎么照顾的？每天得用多少时间和精力啊？累不累呀？"

我笑笑，如果你这一生中，没有一件事为之痴迷，那么你是不会懂我的。但如果你有，我想，我也不必解释。

花事未了

譬如一个爱收藏古董的人，在你眼里不过是一些破石头、烂瓶子的东西，于他，却是能放出光来的宝贝，不惜重金买下。譬如一个摄影爱好者，会为拍到美丽日出而凌晨四五点起来，守在冰冷刺骨的山头；会为拍到湖面鸟群嬉戏的场景而架着三角架枯等五六个小时。譬如那些户外爱好者，冒着有可能无法活着回来的危险，执意要去探索那些于他们极有诱惑力的未知世界。

你能说，他们是活腻了找乐子？

尔非鱼，焉知鱼之乐？

在我的花友圈子里，所有人一说起种花这件事，个个都兴致盎然，两眼发光，仿佛这辈子如果不做这件事，人生便没多大意义。

他们都会有这样的经历。一个人在他的园子里（我的这些花友都深居城市，园子不过是顶楼露台甚至一个小阳台），一待就是大半天。弯腰拱背，汗流浃背……明明可以着素衣，享咖啡、电影、阳光、零食，偏偏就要弄得像个农人一样。

但你若问他：你这样累吗？嫌烦吗？他们一定会笑笑，不说话。也只有一样沉溺其中的人才会知道，对这样的忙碌他们心甘情愿。每个人说起自己的那些花事，都会像孩子一样露出天真的神情，那份纯纯的快乐，是整天在高楼格子间做方案的你体会不到的。

　　张岱说，人无癖不可与交，以其无深情也。做农妇，种花草，也许看上去真没多大用处，劳体力、花时间又花精力，有时还得不偿失，苦心培植却经不起酷夏和严寒的打击，可是自从开始养花，生活就是不一样了啊！那些不快乐的事、生活中的烦恼，在你聚精会神停不下来的过程中，没有了。渐渐地，你觉得眼前看什么都是美的，心境变了，性情也随着改变，变得像花一样柔软、温和。

　　世间快乐的事有很多，我唯独喜爱做农妇。

罗马不是一天建成的

经常有朋友来憩园，见到这一南一北摆放得高低错落、数也数不过来的大小花盆，忍不住会问："你这园子里，到底有多少种花啊？"

而我，真的没法回答这个问题。环顾一下南园，再回头张望一下北园："大概，可能，一百多种吧！"

"哪里止哦！"朋友接着感叹。

好吧！我真的没有去细细数过我的园子里到底有多少盆花。迷上种花，真不是为了有一天能拥有多少，只是享受其中的过程。我只知架子上摆不下了，就挂到晾衣架上（衣服只好被请到楼下阳台晾晒），再往墙上贴木网格篱笆，又在铁栏杆外挂挂盆，最近在琢磨屋顶的斜坡是否也可以一用。

这么个园子，这么多宝贝，当然不是一下建起来的。这就像民工造房子，一块砖一块砖，搭起来；更像那个勤劳的燕子爸爸从这个树林衔一根枯枝、那块草地叼一块泥巴，花了一整个冬天，才搭成给燕子妈妈生宝宝的小窝。

而我的这项工程，几乎是没有完工期限的。

起初，是在菜场路口一角，看到一个精瘦卖花老者守着一辆车斗叠得满满当当的三轮车，车上红花绿叶引诱我，忘了去买菜，先停在这辆五彩缤纷的三轮车旁。

当时还是个养花菜鸟，口气绝对不敢高，先问："哪些品种最容易养活？"那老头儿马上很专业地向我推荐，看我用狐疑的神情扫向这盆那盆，犹豫不决，马上又拍拍胸脯保证，这几盆要是养不活，就去找他，他的三轮车每天停在这菜场门口。

果然这个憨实的卖主没说假话，我从这些游击三轮车上买回来的吊竹梅、薄荷、米兰、贴梗海棠，养得一年比一年生机勃勃，海棠年年开花，在园子里已是元老级品种，分种的吊竹梅枝条遍及全城爱花和不爱之人所在之地。

小城的花鸟市场就在原来的单位隔壁，那段时间，每次下班路过，我都会鬼使神差地晃进去。市场不大，商品却琳琅满目，连进门的地面都放满了，只留出一条很窄的路让顾客进去看。每次站在这些花堆里，总有一个疑问：为什么这里的花，一盆盆都长得生龙活虎、体态丰腴，可一旦自己买回去，它们就像病患一样，一副苦相，直至萎靡、颓败？

后来知道，那些店里的每一盆花，都是从长期保持恒温的种植大棚里拿来的，到了我们这些买主手里，就好像一个在保温箱里饲养的孩子被放到了野外，如果这种花本质够皮实，它尚且能度过"不良"环境的适应期而安然存活下去；但如果这种花原本就娇贵、矫情，离开舒适的大棚温床，过不了适应期，就只能死给你看了。

所以有时候真的不是种花人的缘故，可惜那时还不明白这个道理，总是责怪自己辣手摧花。即使是这样，依然去买，死了再买，买了又看着死去，花农的半生经验，就是建立在这些前仆后继的"烈士"花之上的。

后来，这个小市场已经无法满足我日渐庞大的胃口，我便赶去城郊花木城买。在那里，见识了比花鸟市场更多更好看的品种，眼界打开后便一发不可收拾。

花木城每年举办的花木节，是我们这些花友的盛大节日。有经验的花友告诉我们，最好在节日的最后一天去，那时你想要的宝贝像随地捡的一样。展览要结束，店主们不想再费力把剩下的一盆盆带回去，能就地促销就销掉。于是我们在那一天，用十块钱买到了四盆常春藤，店主丢弃在地上但还连着活的根须的，也都顺手拿了回来。不过几盆花草，好似捡了宝贝一样，一群人开心异常。

与花友们混熟了，便又知道另外几个卖花市场。那

卖花的三轮车

里果然跟小城里的很不一样，从此又打开另一个世界。那里不仅品种更多，价钱也更便宜，路虽远了点，但阻挡不住大家隆重约个日子，开上两三辆车浩浩荡荡一起去买花的热情。

有一次我们只开了两辆车，但到了花市，个个像老鼠掉进米缸里，收也收不住手。返回时车被塞得满满当当的，后备厢、座位下，简直像沙丁鱼罐头，哪里还有人可以坐的地方？最后，每个人腿上抱着大纸箱，双脚挤在众花盆堆里，满载而归的兴奋完全掩没了挤在车里的不舒服。

花友们淘花有一项宗旨——以最小投入获最大收益，所以，哪儿便宜，就往哪儿赶。但是，最最便宜的，是去花友家打劫。

我记得第一次走进资深花友咸青家，可了不得，简直就傻了眼。客厅的角角落落、每个房间的窗台，凡眼能所及之处，都能见到绿色。楼顶的露台，就更不用说了，甚至连房顶斜坡都放满了大大小小的盆，真真是没有一点空间被她放过。

眼里的惊叹从进门那一刻起，没有停下来过。

这位曾获过全省"最美阳台冠军"称号的女主人，大概也从我惊叹的口气里看出了羡慕，带我一路赏过去的同时，顺手便掐下一个小头、剪下一根枝条递到我手里。

于是，一圈下来，十几根小枝小苗在我手里捧着，那可都是我家没有的。

有一次又去她家赏花，有一盆红豆杉，让我很稀罕。我知道红豆杉很难养，自己曾经养死过一棵。谁知她说："家里植物太多，这株红豆杉，正准备淘汰掉，你要，就送你了。"

我惊喜接纳，仿佛天降礼物。这个看上去温婉文静的女人，拿来围裙往腰上一围，蹲下去抱起这棵大树，"噌噌噌"，从她家六楼一口气搬到楼下我的车里。

回去路上，载着这棵意外得来的红豆杉，一直回味咸青抱红豆杉下楼时说的话："像我们这样种花的女人，个个都是女汉子！"

这些故事，每每想起，就会在心底会心一笑。

而园子里的每一件宝贝，说起来，背后都有一个令人回味无穷的喜悦故事。

在有生之年，我会将这个罗马国一直建下去，国虽小，但欢乐无限。

草木的力量

苏州作家葛芳在《隐约江南》一书里写她的姐夫年轻时就是一小混混，打架斗殴，到处惹祸，其嫂子每日过得惊心动魄。及至中年，姐夫竟性情大变，前厅后院栽花植草，整天弓背侍弄，闲时还去钓鱼、爬山。嫂子出门搓麻将晚归，他也不怨怒，自觉收进阳台上的被单，铺叠齐整。

这位中年男子每天早晨开门，见一园子的草木，说："啊，比见到老婆还舒心——那么精神、有地气。"

看至此，不禁动容——草木之力量何其大，能将一个气冲斗牛的暴烈汉子打磨得这般温和、闲逸。

恰好前一阵看杂志，一篇文章里提到失眠的各种原因，以及诸如数羊、数星星、运动、喝牛奶，不行就起来看书的各种应对法子，但说到底都不管用。国外早有人研究过，睡不着的原因，百分之二十是生理因素，其余百分之八十均来自心理，各种焦虑、寂寞、孤独、怨

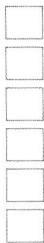

读创
cread on

· 阅 读 创 造 生 活 ·

1

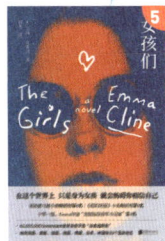

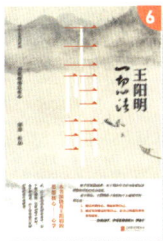

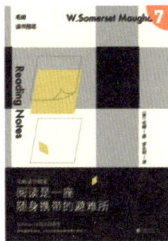

1. 疼 · 小说
2. 愿你慢慢长大 · 家教
3. 改变你的服装，改变你的生活 · 生活
4. 心静的力量 · 励志
5. 女孩们 · 小说
6. 王阳明：一切心法 · 社科
7. 阅读是一座随身携带的避难所 · 文学
8. 无印良品管理笔记 · 经管
9. 极简的阅读（第一辑）· 文学
10. 和孩子共读系列（声律启蒙、笠翁对韵）· 童书经典
11. 纯真告别 · 小说
12. 我的前半生：全本 · 传记

▶ 黄同学漫画中国史：清末民初那些年   52.00元

作者：那个黄同学   书号：978-7-5502-9443-1   `历史`

那个黄同学前作《二战那些事》火爆畅销300000册！

一本严谨+爆笑的极简中国史，**国内第一部**以漫画的形式讲述清末民初历史的读物。全球读者25000000次点击量。有妖气、果壳网、新华网等超38家媒体历史漫画口碑神作。

历史重点知识点全覆盖。"超级考据控"4位高级编校历时600天精编精校，还原历史真相。

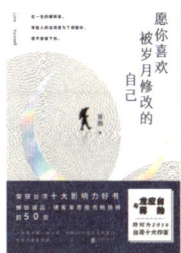

▶ 愿你喜欢被岁月修改的自己   52.80元

作者：张西   书号：978-7-5596-2830-5   `文学`

与龙应台、蒋勋同列为2018台湾十大作家；荣获台湾十大影响力好书，蝉联诚品、博客来等图书畅销榜超过50周。

1000公里的出走，30个夜晚，打开30扇门，和30个小房东促膝夜谈。

想要逃离的城市，一年一度的烟花节，走出家暴的年轻女孩，无法放手的患癌恋人……30个陌生人的故事，串联你我，献给所有平凡的生活。

只愿有一天，我们能够深深爱上被年轻修改改的自己。

▶ 边缘信使   88.00元

作者：（美）安德森·库珀   书号：978-7-5596-2824-4   `文学`

轰动全球的美国版《看见》！

轰动全球、超千万读者口碑爆表的心灵巨作！

9座艾美奖得主、美国CNN传奇安德森·库珀首度剖析15年"看见"世界的心灵史。《纽约时报》畅销榜冠军；《人物》《新闻周刊》《华盛顿邮报》《今日美国》等世界媒体年度之选。

▶ 睡莲花下的奇书   128.00元

作者：（以色列）斯维特拉娜·多洛舍娃   书号：978-7-5596-2937-1   `艺术`

一部来自精灵世界的人类百科全书！

以色列顶尖艺术家送给人类的奇妙礼物。用文字和图画组成一股神奇的力量，彻底颠覆人类认知。

书中上百张充满童话感的哥特式绘画堪称一场视觉盛宴，令人过目难忘。在他们眼里，人类的世界神秘，不可思议。脑洞大开的故事中充满人生哲理！

▶ 战胜心魔 68.00元 励志

作者：（美）拿破仑·希尔　　　书号：978-7-5596-2918-0

"成功学教父"拿破仑·希尔的作品全球销量超过一亿册！

继《思考致富》后写的一本发人深省、震撼人心的著作，**大陆简体中文版唯一授权**。书中7大获取心灵、思想和身体自由的铁则，帮你对抗不断变动的外界，获得希望、勇气。以及明确的人生目标，克服成长中的孤独、恐惧、困顿与挫败，**看清内心真相，重建人生自信。**

▶ 喝掉这"罐"书 42.00元 小说

作者：阿米殿下　　　书号：978-7-5596-2958-6

硬核科幻和美好人性的奇妙发酵，酿出九"罐"带飞想象力的故事！

用文字唤醒味觉享受的脑洞之书，一起探索奇绝恢弘的大脑景观。酸甜苦辣得以和喜怒哀乐相通，平面的文字竟能道出立体的人生百味，故事带来的共鸣让你沉醉其中，抛掉压力和焦虑，真正地放松下来。

▶ 不焦虑了 42.00元 心理自助

作者：（日）安藤俊介　　　书号：978-7-5596-2916-6

治愈你的焦虑，改变你的生活！安抚了60万人的愤怒情绪管理技巧

80多个治愈焦虑情绪的小窍门，只要跟着做，就真的不焦虑了。全面覆盖工作、生活、交际、金钱等各方面会面对的焦虑情况，一一击退，让内心平静有力量。

▶ 一个女人的成长 49.80元 励志

作者：薇薇夫人　　　书号：978-7-5596-0787-4

每个"一生必读"的女性书单上都有这本书！

张德芬推荐书单！白先勇《心理月刊》《南方都市报》盛赞。**华语世界30年超级畅销的心灵经典！**

全球华人首席情感作家、台湾开卷好书奖得主薇薇夫人，讲述关于女性成长的一切问题和答案，引导女性朋友不断成长、成熟，活出更好的自己。

怼……全是自我折磨的不愉快情绪。西方人克服失眠有最好的法子，就是在日常生活中，去发掘一项和本职工作毫无关系的爱好，且关联性越弱越好，比如园艺。

英国人的人生有两大极为享受的事：一是看足球，二是侍弄花草。对英国人来说，收拾花园已成为一种融入日常的生活方式。

英国人喜爱园艺是有原因的，英国园艺的最初普及归功于四十年代，第二次世界大战期间。

由于战争，政府鼓励全民开荒种菜。于是当男人们在前线拼死作战时，女人们便在家中的菜园里劳作。战后，当前方的丈夫们回到家乡，发现自己印象中的娇妻个个因劳作而变得结实、健壮，性格也开朗、坚强，并没有因为长期没男人陪伴而变得哀怨、愁苦。

战争对国民伤害极深，英国政府便又动员居民在自家院子里种花。开在院子里的五彩缤纷的四季花卉，令每位家庭成员心情愉悦，渐渐地，战争所带来的伤痛，便在英国家庭的园艺种植过程中疗愈。

我在看陕西作家祁云枝写的《枝言草语》一书时，发现还有"园艺治疗师"这个从未听过的职业。

冯婉仪女士，是香港首席园艺治疗师。当年她就职于一家老人中心时，因为自己对花草的喜爱，工作之余时常打理老人中心的一个小花园。当她把这个几乎荒芜的小花园打理得生机勃勃，充满生命力时，竟然吸引了里面那些患病的老人。这些几乎对任何事都失去了兴趣的老人，主动来花园浇水翻地。

冯女士惊奇地发现，以前专注力非常低的老人却能在花园里浇水半个小时也没有问题。她惊讶于小花园如此大的魔力，翻阅资料想得到解释，才发现，欧美早已十分流行"园艺治疗"这个职业。

之后，冯女士针对行动不便的老人设计不同高度的花坛，针对痴呆症老人以鲜艳花朵和香气刺激，唤起他们已经消失的记忆感官。一些脾气古怪的老人，竟然通过侍弄花草，而变得开朗、温和。老人从被照顾者变为对植物的照顾者，从中找到了他们的生命价值，也让冯女士看到了"园艺治疗"的神奇。

回想我种花这几年，从一个焦虑急躁的操心女人渐渐变得温和、从容，想来很神奇，却自有它的道理，那就是草木的力量。

草木使人安静，不仅在你与它们相处的那些片刻，更在你用心打理它们的过程中。

专注做一件事，会使心灵变得单纯、宁静。当我面对这些简单纯粹的植物时，我也被它们的简单、纯粹感染。

所谓近朱者赤，我们如果多与植物在一起，我们自然也会变得像植物一样淡定从容。

它们会等到自己的春天

有一次看到湖州花友梅子在朋友圈发了一段话：

"我们一生中，大抵都见过许多花开，也看过无数花落。但花给我们的愉悦，不单只是眼目之娱。它有时候是一个秘密，有时候是一个奇迹，有时是一种超凡入圣的孜孜以求，更多时候，却是爱、热情与生命本身。"

太赞同这段话了！

养植物带来的惊喜，不仅在于，随手扔下一把芝麻大小的种子，几天后就收获一盆翠嫩的小苗，昨晚去看，还是一个鼓着的花苞，今晨去看，已然一朵笑容般灿然的花在你眼前。它们带来的惊喜还在于，你正在为一盆死去的植物黯然神伤，却发现枯枝底下有一棵透着生命力的鲜活的嫩芽，在春天的催生下，蓬勃而出。这样的惊喜就好像看到一个躺了大半年的植物人某天突然动了动手指，眼珠子会转了，令人振奋。

这几天天气转暖，把冬天枯败的几盆搬出来，翻翻土，准备撒些花籽，开始春播。

琴
叶
榕

白瓷盆里的那株巴西牡丹，因为我粗心大意，去年冬天忘了拿进屋，一场大雪后，只剩一株光秃秃的干枯枝，戳在一个漂亮的花盆里，已经好几个月了，了无生机的样子，料定它冻死了，准备把枯枝拔掉，换株新的。剪刀插进土的时候，眼睛一亮，底下有棵暗红色毛豆大的东西贴着枝干底端。起先以为是别的什么东西，用手触摸，竟是长在枝上的一棵嫩芽。

幸亏下手慢了点。

半个月后，它就成了这样——芽头长成毛茸茸的嫩叶。

夏天一盆蓝莓一直放在厨房外铁架上。有一段时间看着它的叶子掉光，枝条渐渐由青绿变成灰白，以为是因为忘记浇水，它枯死了，心疼了好些时候，结果几个月后竟发现枯枝底长出了几根细软的新枝。新枝上的叶子一天天葱绿茂盛，而一旁的老枝依然干枯灰白，一个盆里，枯枝和新枝共存，这样奇特的现象每每在我洗菜时抬头可见，浇水时我总会投以崇拜的眼神多看几眼。

仙客来、大岩桐更神奇。夏天开完花的仙客来，阔圆的叶子开始慢慢枯败，最后只剩一盆土，便把空盆随便摞哪个角落，也忘了去浇水，到秋天的时候，发现几个月不被关照的空盆里竟然长出了新叶。惊叹之余，连忙把盆拿到阳光下，一口气给它喝足水，等到春节前后，

仙
客
来

它居然又开花了。春天快结束的时候，发现有个空盆里一点点冒出绿叶，仔细一看，竟是去年养"死"的大岩桐又发芽抽叶了。

这样的惊喜使我对植物越来越敬畏。

植物的生命力，强大到超乎人的想象。在环境不利于自己时，相信只要春天一到，属于它们的生命力一定会爆发，所以它们不抗争、不抱怨，只接纳、臣服，暂时收回力气，等待、蓄势，终有一天，它们会等到自己的春天。

功成身退，天之道也。

泥土啊，泥土

"她开着汽车满城转悠：泥土！泥土！泥土！偶尔发现路边或者立交桥下有一个废弃的土堆，她会立即取出藏在汽车里的铲子和塑料桶贪婪地扑上去，有时甚至唆使我和她成为共犯。回家的时候从后备厢拎出一麻袋的泥土，快乐的神情不亚于拎出一麻袋的钞票。"

读福建作家林那北《屋角的农事》一书，她先生南帆老师写的序里，如此描述迷上种植的林那北因为没有泥土而苦恼，又因为找到泥土而兴奋的情景，读来忍俊不禁。

想起那年，盆一堆堆从网上购得，花木一株株从市场买来，可是，当露台上摆满了待种的花和空空的盆，竟然没有最需要的土时，也蓦然生出巧妇难为无米炊的苦恼。

没有土，怎么把这些花安进盆里？

最初是去山上挖。山就在家门前，爬山时特意带上小铲子和塑料袋。可是山上的土经年滋养着一山的老树，已与它们坚实融为一体，所能挖的，也只是表面松薄的那一层，每次总是挖了好几处还装不满一袋，终究不是长久之计。

曾有一同事，与我一同迷上种花，上班见面，三言两语，便聊起为泥土苦恼的事，于是两人商定，第二天一起开车去城区郊外，那里正在建造新马路，两边挖出小山一样的废弃土丘。

带上铲子和麻袋，约好时间，两人便兴冲冲开车奔去。到达目的地，看到路的两边果然堆得如小山一样。把车停靠一边，从后备厢里取出工具，一人手拎麻袋，一人手提铲子，扑到土丘堆上。

正值盛夏，我们俩头戴宽檐帽，穿着连衣裙，旁边干活儿的民工稀奇地看着我们把泥土一铲铲往麻袋里装。一位年纪稍大的民工到底还是看不过去，拿着长柄铲子走过来，说："用这么小的铲子，要挖到什么时候？"然后，一把把他手里的长柄铲子重重地往土丘里一插，撬起满满一大铲，我连忙撑开麻袋口子接过去。这一铲倒进去，麻袋立刻沉实起来，三下五除二，在这位善良好心民工的援助下，很快就装满了两麻袋土。那天的心情，正如南帆老师写的，快乐的心情不亚于捡了一麻袋钞票。

后来学乖，在车里常备铁铲和米袋子，不定哪天去农村老家时顺便带回来一大袋泥土。泥土在乡下可不稀罕，到处都是，又原汁原味，不像城里的废弃土，有一半是石子，用来种花，总感觉不纯正。而农村这些土，松软、干净，泛着原始的青草味，闻着就觉舒服。想到我楼顶上的花草竟何等有福气，能用上如此原汁原味的土。原本只是为了礼节而回乡下，竟因这样的意外收获，每次去了回来后都生出莫名的幸福感。

有一次，我家男人从外头打电话过来，说给我带了好东西来，是我最喜欢的，让我猜猜。我左思右想，猜不出这个老实人会带什么好东西给我。及至他拿到我面前，打开一看——"哇！泥土哎！"知妻莫若夫，上去给他一个大大的拥抱。

你一定想象不出我当时的狂喜，就像想象不出林那北"清明节到乡下扫墓，看到路边菜地里土黑黝黝的，我两眼顿时喷出只有在大百货看到心爱的名牌服装鞋包才有的贼光"一样。

头一年，好像一直为收集泥土这东西操心。有时花友家拿来小枝小苗，兴冲冲搬出一堆盆准备开工，才发现泥袋里土没了。当时那失落沮丧的心情不亚于饥荒年代准备烧饭时发现米缸里没米的心酸。

咱种花的人，什么时候才能开始不再为泥土操心？

有一次请教一位花友："你们是怎么解决泥土这问题的？"

"网上买啊！"

才知道他们用的都是网上买的营养土，而我，还在用菜地里的园土。这位花友告诉我，菜地里的土，看上去油光润泽，但全部用来种花不行，太实沉，时间一长里面就要烂根，必须要掺松软的营养土。

一语惊醒无知人！总算知道我的花为什么养上一段时间就会死，总算找到一条不用再为泥土东奔西走的路子。

于是开始改上山跑菜地收集泥土为手指点进淘宝采购，一袋袋营养土，隔段时日由快递小哥送到楼下，本女子再吭哧吭哧背上楼。虽也不沉，这一路灰尘倒是落了一身，想想总比跑去乡下到处挖找方便多了，便也不再计较，放在阁楼仓库里，以备不时之需。

一直对家里人说，米缸里可以没米，我的仓库里不能没土！

这种无厘头的观念，想想也可笑。

但对我们这些种花的人来说，一点都不可笑。

后来知道椰砖可以代替营养土，一块砖头一样小巧的椰砖，经水那么一泡，就能泡出一大桶，够用一个星期。每次买上四五块，也能救济一个多月，关键是椰砖轻巧且干净，我也着实高兴了一阵。

这样用上一年多，也感觉不济。你想啊！诺大的两个园子，每年春秋新的花草源源不断地添置，仿佛一个大家族，百来号人，只几个小缸的储备，生活哪能过得舒畅？于是，在某一天经一同事（也被我发展成为种花队伍一员）推荐，狠下心买了一大袋泥炭土，足足两百斤，放在一楼车库，要用时便挖一小袋上来。

像压缩饼干一样被夯得结结实实的一袋泥炭土，每次拿取时都要费些气力，先用铲子挖松，再装入小袋拎上来，与园土掺拌着用。每次取用后，总没见袋子里少下去，两百斤的存货也实在够充实，从此便不必再为泥土而绞尽脑汁、东奔西跑，至少一年内如此。

好像银行里存了巨款，从此内心安定，衣食无忧。

泥土和铲子

捉虫记

连着几场大雨之后，园子里的蜗牛就成灾了。

随便挪开一盆，叶子背后几只蜗牛猛不丁晃入眼。被我发现后，好像受了惊吓，它们马上收起伸出老长的触角，惊惶的样子，不亚于正在做坏事的小孩突然被逮个现行。

如果是一只老蜗牛，被发现后，带着壳的肥硕身子依然会紧紧吸附在叶子上，好像压根就没发生什么，那份无视你的坦然，简直要把你气死。

对于蜗牛们，我是毫不留情面的。我在园子里准备了一只盐水罐子，发现一只，就捉来扔进罐子。没有办法，我若不如此狠心，植物们可就惨了。前段时间播了几粒黄瓜籽，看着好几株小苗出土，心下一阵喜——今夏终于可以吃到绿色无公害嫩黄瓜了。然而，过了几天去看，六株苗只剩三株，再仔细看，另外三株只剩一小截茎埋在泥面上，不用说，准是蜗牛们吃了嫩叶又啃嫩茎。

蜗牛们以嫩叶嫩茎为食，几天就把自己喂得脑满肠肥。而被糟蹋的植物，如果是才出芽几天的小苗苗，很快就只剩一根光杆司令，可怜的几片叶子已被蜗牛们蚕食没了；如果已经枝繁叶茂，最后也会变得缺胳臂少腿。

蜗牛们泛滥的时候，简直要把你惊呆。它们藏在每一盆被雨打湿的枝叶间，表面上平静无波，实则伏兵暗藏，随便撸一片叶片，蜗牛立刻现了原形。一经发现，多数是蜗牛们被突然惊吓到，一团软肉"嗖"地躲进壳里。连着几天雨后，整个露台地面都会爬满一只只大大小小的蜗牛，一脚走出去，"咔嚓嚓"会踩到好几只，恶心得起一身鸡皮疙瘩。这样的状况下，一只只捉还真嫌麻烦，只好拿起扫把，一股脑儿把这些家伙扫进垃圾筒里。

蜈蚣也很招人讨厌。它们不像蜗牛，只认植物，并长期藏匿在叶子里。蜈蚣经常爬出来，扭着黑乎乎的身体，还发出奇臭。有时它们冷不丁爬到桌子上，这个时候又不能像捉蜗牛那样，随手揪住壳就扔。看见黑乎乎的蜈蚣在桌上爬，赶紧拿厚厚一沓纸巾，撇着头裹了扔掉，连看都不敢多看一眼。

好在蜈蚣出没的时候不多，基本就在梅雨季，梅雨季一过，也就没了它们的身影。倒是蜗牛，下一场雨，便都春笋一样集体冒出来；雨过天一晴，又都集体不见了踪影。奇怪，天晴的时候它们躲哪里去了？

蜗牛与叶子

蚂蚁只在翻盆的时候出现。准备把一盆花翻换个新盆，连根挖起整棵后，妈呀，一个蚂蚁窝，宫殿一般现出来。在我慌了神的时候，蚂蚁们也都惊慌失措，纷乱逃窜。看着这一窝蚂蚁，不知该怎么办，愣了几秒后，突然想到只有一个办法，转身去拿来一把开水壶……

说起来真有点残忍，想我如此爱花之人竟然对生命如此不择手段，想想就有点罪恶感。但一想到我的花草被虫们糟践得那般凄惨，罪恶感便立刻烟消云散。

相比花草们，对付多肉的虫子就简单多了。精致玲珑的多肉盆里，虫子也纤小到经常逃过我的眼睛。一开始没经验，好好的一盆观音莲，怎么几天时间就突然变得萎靡病态了？烂根了？黑腐了？仔细察看，原来是蚧壳虫作祟。

问花友如何对付，有的说用纸巾擦，有的说用牙签挑，马上用这些方法实施。清除时小心翼翼，轻手慢下，以绣花的态度和手法，但是，多肉界的公害蚧壳虫哪里这么容易被清除？它们似乎与多肉长期并存，除了这一批，过不了多久又出现一批，乳白色极小的虫，密密麻麻钉在多肉叶片上，看似如如不动，实则危险极大，如若无视，这盆多肉可就惨了，辛苦养了大半年，终于见蓬勃起来，一粘上蚧壳虫，立马无声无息被它们摧毁。后来也实在无计可施，便用了最简单的方法：喷药。专门买来灭杀蚧壳虫的药粉，用水稀释后对准附在多肉身上的虫们猛力喷洒，第二天一看，它们果然集体阵亡。

从此架子上常备这种药水，一看到蚧壳虫，拿起喷壶便杀，倒也干脆利落。只是虫子被剿灭了，多肉叶片上却附了一层难看的药水痕迹，得好几天才会恢复其美观，也不是没有遗憾的。

种花不停止，与虫子的斗争便永不停息。

我是多喜欢雨天

周华诚在他写给城市的稻米书《下田》一书里说，从没这样觉得下雨是件揪心的事。

大雨一下，禾苗被水淹，影响生长，就会影响收成，对种田的农人来说，也实在使人发愁得紧。

可种花的人却这样说，从来没这样觉得下雨是件如此令人欢喜的事。

我是多喜欢雨天，自从有了这个园子以后。

听屋外远处雷声轰隆，风啸而起，看窗外突然乌云压城，即将有一场雨从天而降，我的喜悦，便立刻在心头雀跃起来。

有时候正在屋里埋头看书，猛然听到外面哗啦啦啦的下雨声，马上扔下书跑出去，果然啊，豆大的雨珠子，正噼里啪啦打在地板上，打在一盆盆花花草草上，此时清脆悦耳的声音，犹如在园子里奏起了交响乐。

看到所有的植物都淋在雨水中，内心的欢快和欣慰，无法言语。

　　大概没有人像我这样，坐在屋里，看着外面暴雨倾盆，雨花如注，而如此开心吧？站在淋着雨的植物面前，我能感觉到耷拉的叶子开始一片片舒展，在雨中战栗、欢舞，沉睡的根须在泥土里，伸伸懒腰，苏醒。从根到叶，所有的毛孔全部张开，喝雨水的感觉，如此畅快。

　　江南小城，雨水尚且丰沛。且不说春雨如油，植物们在春天淅淅沥沥的雨水中开始蓬勃生长，就是秋雨，也是绵绵如丝，浇灌植物，所有的植物在经历了闷热的夏天之后还魂般郁郁而长，炽热的酷夏不期而来的一场场暴雨，更像一顿饕餮大餐，让正在干燥焦渴中的植物们大快朵颐，简直就是老天的神赐。

　　对种花人来说，浇水是件重活儿。但如果这天下雨，就如释重负了。而且对于植物，浇自来水和喝雨水是不一样的。同样是水，又怎么不一样了？简单说，同样是奶，给婴儿喝奶粉和喝母乳是不一样的，自来水和雨水的区别，就如同奶粉和母乳的区别。每次我都会把自来水存一桶放到第二天浇，那是为了把里面的氯气挥发掉。而雨水就不一样了，里面不但没有氯，还含有植物最喜欢的氮——天然的肥料。

　　雨天植物的美，是一种清新无尘的美。坐在客厅里，感受四周都是负离子，整个园子和人都极清爽。雨珠沾在花叶上，透着晶莹灵动，每一盆植物都像刚出浴的女孩一样清新怡人。经过一番畅快的雨淋，所有绿的更绿了，红的更艳了，白的更纯了。雨水简直就是一枝狼毫笔，泼得植物更有精气神。只有在这一刻，我才真正体会到什么是万物有灵且美。

有时老天也会跟我开玩笑，明明天色暗下来，西边乌云滚动，可是等了很久，雨就是没下，继续等吧，还是不下。本来嘛，也有偷懒的念头，雨一下，就不用费力浇水啦，可雨这时候跟你捉迷藏，乌云擦了个边球，飘走了，雷声轰鸣了几下，无声了，天界又丝丝亮了起来。我走上露台，对着植物们说：不好意思哦，只能给你们喝自来水了。

但是，雨终究还是会来的。

园中有客来

清晨有时是被鸟叫声催醒的。

奇怪，我园子里并没种果树，鸟儿们倒是经常来光顾。

它们有时一双，有时一群，有时孤零零一只，细细的两只脚支在不锈钢扶拦上，小眼睛骨碌碌往园子四周探寻，是在搜寻它们的美食吧！

有时停在紫薇树枝上、金银花架子上，两只鸟对语，"叽叽""喳喳""叽叽"，或各自梳理羽毛。大概是远途飞行劳累，半路看到这屋顶绿意浓浓，以为有小片森林，便停下来，暂栖片刻。

如果成群叽喳而来，一定是园子里那盆草莓结果成熟的时候。哗啦啦一阵风似的，叽叽喳喳叽叽……讨论着什么时候下手，会不会被女主人发现？有时候它们不知道我在客厅里，飞下来一阵大快朵颐，抬头发现我，马上一轰而散。有时候正巧我在园子里，这些家伙只能在

蓝
莓

远处观望底下的草莓盆，盘旋一阵后败兴而走。但我在园子里的时候毕竟不多，所以，草莓每次结了果，基本等不到熟透，就被它们吃得果肉模糊了。

有一次，我席地靠墙坐在小客厅里读书，抬头看见一只白头翁正停在墙角那盆蓝莓枝上，嘴里已经衔了一颗蓝莓果，小眼睛贼骨碌地往我这里一瞥，转眼便呼啦啦飞去。

这盆蓝莓半个月前买来，开完一丛铃铛似的小白花，结了数十颗蓝黑果子。正想着可以品尝这盆蓝莓果了，不想这只鸟早已闻到果子气息，抢先一步了。

没过两分钟，白头翁又飞来。大概知道被我发现了，它没有前一次那么悠然，俯身，以鹭鸟捉水中鱼的速度叼起一颗蓝莓，倏地转身，不见了影。

我以为它不会再来了，结果它第三次又呼啦啦而至，得手后比前一次逃离得更迅速。

坐在小客厅里，看着这个"贼"慌张急促又禁不住美食诱惑的样子，实在觉得好玩，比自己摘来吃有趣多了。

第二天去看那盆蓝莓，数十颗果子，只剩还没成熟的零星几颗了。

并不可恨，倒觉得鸟儿们能来光顾、热闹我的园子，也是荣幸。

夏天的蝉鸣，也是震耳欲聋。

最初是在紫薇树干上，见一只蝉从早上到下午一直趴着不动。想起童年时和小伙伴拿着自制的网兜暑假里满树林捉知了的光景，很想伸手去把它捉下来，又怕惊了这个小客人，遂作罢。

有一次，见一只蝉趴在红豆杉上。那天的风很大，红豆杉被风吹得东摇西晃，树干上的这家伙居然如如不动。我很好奇地走过去，和它只有半尺的距离，居然也没惊动它。这份淡定，让我觉得自己还不如一只蝉。

相比鸟儿的闹腾，蝉可真是淡定多了。

大马蜂最令我害怕。一只硕大的马蜂"嗡嗡嗡"，在盛开的三角梅上空来回盘旋，最后落在一朵花上，肥圆的屁股撅在外面，头深深钻进花里。这样的姿势一直保持很久，挺好笑的，似乎花朵里有它吸不完的蜜。

园子里会飞来各种不同的花蝴蝶，有的身形阔大，长得花俏可爱，有的小巧玲珑，一身清爽的浅灰色，清秀娇小。它们经常驻留在一盆盆花叶上，姿势优雅，安静沉稳，从不来打扰你。

有一次，早上开门时，发现一只花蝴蝶面朝外贴在沙窗上，一副想冲出去的姿势。大概是前一天糊里糊涂飞进了屋里，被关了一晚，而为了冲出去折腾过一阵，看神情有点呆滞。我打开纱窗，它竟然没有立刻飞出去，还傻傻地贴在纱窗门上，后来终于还是飞了出去，也没有在花丛里逗留，逃一样地飞出了园子。

还有小蜜蜂，经常与蝴蝶为伍，从这朵花绕到那朵花，绕来绕去后，一定会在一朵花上停下。想起一句诗："蜜蜂与花之间，正在进行一场缠绵悱恻的恋爱。"勤劳的小蜜蜂，你们都在给我的花传粉，我替我的花感谢你们。

我的园子因这些小客人经常来打扰而一点也不寂寞，有它们的陪伴，园子里的世界热闹且有趣。

花友记

● 1 ●

回想我迷上种花这件事儿，追根溯源，也不是没有来由的。

大约十年前，我在博客网站认识了一位奇女子。这位女子，自诩"绝色露台"，既是网名，亦是她给自己家里的那个露台空中花园的美誉。

在博客里，我写得最多的是孩子的事。那时很焦虑，如何做个好妈妈，是我生活的重心；而她，每天晒她的花花草草，今天开了月季，明天开了牵牛，把露台的每一盆花都当孩子一样养，却从未见她写过自己的孩子。

我远远地以欣赏者的姿态，崇拜但不羡慕，觉得这样的生活离我好遥远，或许这辈子也不会像她那样悠闲自得沉浸在这些风花雪月里。

人生就像巧克力，谁都不知道下一颗会是什么味道。我怎么也想不到，几年以后，我居然也无可救药地沉迷于露台种花。想来一定是当年这位"绝色露台"给我埋下的种子，机缘一到，便破土而出。

那一年开始跟着她学种花，与她便有了更近距离的接触。2014年春天，我终于去参观了她那名噪一方的绝色露台。尽管早已在网络上见识了那里的万千风情，直至亲临现场，那里依然令我怦然心动。

两年前，绝色把露台在原来的基础上进行了升级改造。铁艺架子搭建的扶梯扶栏，欧洲风味的圆形拱门，各种藤蔓缠绕，风味吊挂，几百盆花草，被她打理得旖旎、精致。每个角落都呈现不一样的风景，园中有竹林小地，龟居水景，有缤纷花草，也有蔬菜园地，就这么一个屋顶方寸之地，被她的巧手打造得简直美不胜收，让人惊叹。

她介绍她的那些花儿，就像帝王说起他的三千后宫佳丽，那份得意和成就，你只有羡慕和崇拜的份儿，绝不敢心生忌妒。

其实绝色也有稳定的工作，莳花弄草纯属业余兴趣。她说，她是骨子里真喜爱这些花草，从小的梦想就是长大以后自己的家一定要藤蔓相缠、鲜花簇拥——她果然就实现了。

她常把自己比作"洒扫女人"。晨起晚间，每天要花上四五个小时在植物身上，却从来不觉是个负担。夏天只戴一顶宽檐帽，甚至连围裙也不用，穿着花裙子就在花间劳作。有时兴起停不下来，忙碌到深夜也是常事，春秋天忙播种，夏天忙浇水，冬天忙修枝，看到眼前的植物在她手里一盆盆鲜活生动、楚楚有致，竟觉人生幸福不过如此。

许是常年与植物相伴，她身上有一种职场女性难得的天真可爱，看不出这个笑起来像女孩子一样清纯的女人，儿子都已经上大学了。

有一种影响力，就是当你看到别人可以活得如此优雅滋润的时候，相信自己也可以。几年后当我把家里的露台打理得也让自己很得意时，我把这位前人请了来。

从十年前远远欣赏到能坐到一起谈花论草，彼此间多了一份懂得。

感谢世间有这样美好的女子让我遇见。

● 2 ●

我和咸青住同城，两家距离不过千米，还是在同一条马路上，不过，与咸青认识，却是通过绝色。

有一年她们一起参加本省"最美阳台"大赛，冠军咸青，亚军绝色，就这样认识了。绝色跟我说："你们小城有一位很厉害的养花达人。"我当时就想，还有谁，能比我崇拜的绝色厉害？

第一次走进咸青家，震撼了！也是顶层露台，其格调和层次绝不亚于绝色家。这样说吧，她们两个手下的作品，风味各异。绝色家的露台，跟她这个人气质一样，是浪漫欧洲风情；咸青家的，更具田园风，也是跟她这个人气质一样。

一张铁艺圆桌，辟出茶吧一角，上面蓝色顶棚，用来遮阳挡雨，一家人早餐、花友们来访，坐在茶吧里，田园生活味就出来了。除了一盆盆摆放有序、玲珑精致的花草，风姿绰约、楚楚有致的多肉，园里还养有一只老乌龟、两只小苍鼠、两只有个性的加菲猫。咸青说是她儿子六土喜欢养的，六土才读小学，是个心地纯朴、极有爱心的男孩子。

有一点我不得不佩服，咸青对每一种花草，像专业人士一样熟悉。我不认识的植物，只要问她，第一时间便能得到解答（绝对不是百度搜索得来的）。此花习性、何时播种、如何侍养才长得更好，她都能给你像扫盲一样一一道来。绝色让我崇拜的是，她能通过对花草的料理，把自己和生活打理得优雅从容；咸青是让人佩服，她对每一盆花草是如此深爱和用心。

每年春天和秋天，我都要去她家"打劫"，得她分享，自家的露台因此一年比一年丰满。对于分享花苗花籽，她像富翁一样慷慨大方，我每次得了新品种，又收获新知识，咸青不仅授我以鱼，更授我以渔。

是她说，种花的女人都是女汉子。她曾送我一棵红豆杉。当我犹豫怎么把这盆高大红豆杉搬到楼下车里去时，她二话不说，围上围裙，抱起这棵大树，噔噔噔，从六楼一口气搬到一楼我的车后备厢里。

咸青的儿子六土，从小受妈妈的熏陶，对动植物极有爱心，园子里的乌龟、仓鼠和两只加菲猫，都是六土的宠儿。咸青带六土去外面，细心的六土随时都会发现一些稀奇植物，铺地莲就是被六土发现，带回家种养，夏天开了铺天盖地的黄色小花，花友们风趣地把这花草命名为"六土莲"。

咸青还是一个古道热肠的人。小城有个花友群，她在群里是个极活跃的领军人物，在她"以最小投入获最大收益"的种花理念下，大家在群里互分各家花苗花籽。为方便大家送取，分享的东西一般都放在城中咸青家里，于是她家便成了一个中转站，某某分给某某的苗、一起团购的盆，都由咸青负责中转，不知道她心里有没有抱怨过烦琐。

群里经常组织团购低价花盆，她知道我不常上线，就会来跟我说一声。跟着她，就好像一个刚入行的懵懂医学生跟了一位德高望重的导师，那种有前人带领的幸福感、有组织依靠的笃定，让我在养花这条路上，一天天自信而有成就，不知不觉，竟也从一开始的"小白"蜕变成了别人眼中的"大神"。

● 3 ●

花友群群主风铃也是一位大女子。

初入行时，我凭着骨子里这份极强的求知欲望，到处寻求可以填补空白的机会，便想当然地被带进本地一个花友群。

这个群很有趣，不像有些群，一开始热闹，时间长了便冷清了，基本只有一两个活跃分子每天发些自恋文章维持人气。花友群每天就像幼儿园班里的自由活动课，即便老师在上面喊"小朋友，安静安静，我们要开始画画了"，小朋友们依然自顾自在下面热闹得像要把这个教室吵翻天，才离开五分钟，回来，群里已经一百多条信息楼层等你回看了。

这个人气一直旺得不得了的花友群，便是风铃创建的。

风铃说当初也是因为自己爱好种植，便拉了几个兴趣相投的人，组建这样一个可以互相交流、吐槽的群，没料到从当初寥寥十几人的小圈子发展到现在三百多号人的大家庭，几乎把同城爱好种植的男女老少都聚在了这里，还时不时搞个线下活动，群里的花友便由网上吐槽发展到现实中串门，有了宝贝（无非也是新苗新品），便亲自上门取，生活多了许多乐趣。

我第一次参加花友聚会，也是被惊呆了。热热闹闹五十多人，约在风景秀丽的湘湖边，花友们手里提着礼物——这些礼物放到阜地上一打开，就被大家一抢而光。

什么好东西如此抢手？竟是花友们自己培育的花苗。

那次我见到原来身边爱好种植的队伍如此庞大，那天打破了我种花只是我们中年女人小情小调的旧有观念，五大三粗的大老爷们儿、几对年轻小情侣，说起花草谈起植物，在我眼里，都像专业人士一样。

花友们每年都会这样聚几次，而群主风铃也很愿意无偿做这些事，是种植给她全职主妇的生活带来了许多乐趣和朋友，她愿意把这份快乐通过自己带给更多人。

种花的过程中，也认识了许多同道花友。他们热情、有爱、快乐、单纯，大概就是因为长期与自然纯朴的植物相处，人也变得不那么功利，每个人都有一颗极热诚的心，让你感觉温暖且舒服。

或许我也是一个不愿自我陶醉的人，我身边也有好多朋友受我影响，从一开始毫无信心到渐入佳境，直至一发不可收拾，琐碎乏味的生活因为种花，多了许多的美好感受。其间的幸福，或许只有像我们这样一步步走进去，细细感知，才能深切体会到。

如果你觉得生活单调、沉重，是否也愿意加入我们的花友队伍，做一个简单快乐的种植者，让每天的生活多些美好瞬间？

多
肉
组
合

我
的
邻
居
们

当初买这户带露台的顶楼，并非为了种花。

开始把前后两个露台作为种植园地，是在几年以后，生活突然间来了个机缘转折。

之后，看别人家的眼光，一时便总是落在他家的阳台或露台那一方室外之地。

我今天要说的，正是前后旁边几户带露台住顶楼的邻居。

我家的隔壁，是一户三代人的大家庭：两个老人，两个年轻爸妈，两个娃。

他们家厨房和饭厅放在顶楼，我在露台提着壶浇花，便能看到隔壁一大家子在露台上吃晚饭吃得热闹。

但凡见别人把家里露天空间包起来，当生活之用时，我总会觉得这户人家没有生活情趣——多浪费啊，我巴不得室外的空间能再大一点呢！

但是，她家上小学五年级的女儿小波也会在玻璃罩起来的阳光房外一片狭小空地，见缝插针种些小植物，薄荷啦、宝石花啦，爸爸也会从哪里迁来一棵桃树种在陶盆里，但我见他们露台上开得最旺的，是爷爷种的几盆葱花。

女孩小波性格开朗大方。每次我在南露台各个花盆间踮着脚浇水时，小波总是扯着嗓子快乐地喊过来："人妈妈，你又在浇水啦！""最近花花开得好多哇！"偶尔，也会跟我说，她种的薄荷长得很大一盆啦，我送给她的鱼腥草后来没活过来，枸杞倒是开花啦！

也看到她家在北露台种了几棵黄秋葵。有一次我问小波："黄秋葵有结秋葵吗？"她说："有啊有啊。"我又问："那每天是你在浇水打理的吗？"她立刻放低了声调，说："我没时间啊。""那你妈妈和奶奶呢，她们也不管的吗？""我妈妈要上班，奶奶要管弟弟。大妈妈，你怎么有那么多时间，把这么多花花草草打理得这么好？"这时候，我真不知如何回答她："嗯，大妈妈不用做作业，所以就有时间种花……"

有一天傍晚，在北露台浇水，隔着铁栏杆看到她家的那盆黄秋葵，草长得又高又密，旁边好几个盆也不知是空盆还是被长高的草隐没了，放眼看过去，竟是一片蓬勃的杂草乐园。

小女孩也似乎好长时间没出来问候我了，突然想到原来已是九月开学季，女孩大概每天被繁重的作业缠身，无暇顾及这些花草蔬菜了。

真想跑到她家，去把这些碍眼的杂草拔了，顺带送她几盆小苗。

到底还是没有过去。

也或许，女孩长大以后离开家，会想起小时候隔壁有这么一个女人，也是每天要上班，却把露台打理得像一个花园，像有一颗种子已经种在了女孩的心里，比我现在送她多少的小苗不知好多少倍。

我家的北露台，正对着后面两户人家的南露台。每次在北露台忙碌时，会不由自主地望一眼那两家的南露台风景。

西面这户，就是使我动了也想在露台种一片迎春花念头的人家。那片迎春，从露台扶栏瀑布一样泼泼洒洒垂挂下来，早春时节一片黄色烂漫，是这家露台开的迎春花，第一时间告诉我春天到了。旁边还有一株夹竹桃，一人高，平时枝叶舒展，一到五月，开得满树白花。只这两种花，便有大半年的旖旎风景让我远远欣赏了。总是看见一个中年男子，在傍晚四五点的时候，坐在露台阳光房里，一张小桌子、一杯茶，慵懒闲适地斜躺在竹藤椅上看书，这样的风景，竟好像是从民国里走出来的。

可惜那是去年以前的事了。自从拆了阳光玻璃房之后，不知为什么，这户人家竟把迎春和夹竹桃也一并挖掉了。那些被拆卸的玻璃，横七竖八地堆在露台外面，好久都无人去清理。终于在半年后的某一天，玻璃又重新安装上去，恢复了封闭的阳光房，但是，原来种迎春和夹竹桃的那块地上，竟无端长出一片半人高的荒草。

每天我在北面露台上，抬头看到那片荒草，心里便莫名伤感，一直狐疑，难道是换了主人？最近看到又挂出了小孩子的衣服，心想应该是换了主人。露台已毫无草木风情，新的主人，定也是被生活推着各种奔波忙碌，没有时间，更没有闲情，去与植物世界交集吧。

且说东面这户人家，每天傍晚总看见一个男人着居家短裤，弓腰、赤膊，拎一把洒水壶，从露台一头走到另一头，那专注浇水的神情，让我想到父亲年轻时在地里劳作的身影。这家没有种花，种的是一片绿油油的蔬菜——南瓜、丝瓜、葫芦，各种藤蔓，用红红绿绿的绳子从东牵到西，这男子，每天下班就在这片"菜园"里浇水、凝望。

有一天我看到他又弓着背在"菜园"里劳作，忍不住隔空喊过去："种得这么茂密，有没有南瓜、葫芦结啊？"

他抬起头，笑着回我："哪里是为了吃，我就喜欢家里有这样一片绿色的感觉。"

心头一震，瞬间被他这句话感动。

可不是这样，要是为了吃，何必这么辛苦？小区门口路边老妇人菜篮子里的菜又便宜又新鲜。

还是在这一幢楼，一楼有位老人，估摸着八十以上了，经常看到他在楼下车库门口弯腰弓背的身影。每次在北露台上望下去，从一楼的阳台到底下的车库卷闸门口，一年四季竟是花开不断。

有一天我下班回来，车子停在他家车库旁边的马路上，见身形瘦小的老头儿又弓腰在车库门口，不知在种些什么。我终于按耐不住好奇心，走过去跟他搭讪。说起花草，老头儿挺起身，两眼发亮，马上就带我去楼上他的家里参观。一进他家，天哪，各种花草和多肉，一盆盆放得层层叠叠，屋里所有空的地方，全被花草搁得满满当当，简直像一座花房。

老头儿又带我到楼下草坪上，从树丛里翻找出一个塑料盆，是一棵半死不活的凌霄。老头儿告诉我，物业不许他在车库门口种，生生把这棵已经爬到他家阳台并且已经开花的凌霄粗暴地拔了。他舍不得扔，又无处去种，便藏在楼下草坪的树丛里。

"你拿去种吧，肯定还能活的。"

我正想要种一棵凌霄，便非常高兴地接了老人舍不得扔的这盆凌霄，而老人的开心，不亚于看到一个失去父母的孤儿终于有人高兴地领养了去。

凌霄如今在南露台长得枝繁叶茂，每次去浇水时，便会想起在车库门口种满花的这位老人带我去他家里欣赏那一屋子花草的喜悦。

三毛在居住撒哈拉沙漠期间写过一篇《芳邻》，写她那些可爱得有些过分的撒哈拉威邻居，使她在沙漠居住的日子里再也不知寂寞的滋味。而我的这些爱种植的邻居，都在沉重忙碌的生活里努力辟出一点时间和精力让自己与植物有些许交集，不管生活如何不堪，一定要在朴素简单的植物世界里寻找另一个出口，使生活不至兵荒马乱到焦灼不安。

他们让我感动。

养花的女人

新手种花

种花，说起来既简单也难，其中，我的一路经验只两个字——用心。

很多人只想享受每天花开眼前的成果，却没有耐心像照顾孩子一样照顾一盆花。想起了，去浇浇水，平时一周乃至十天不理不管，花又如何给你想要的惊喜？

只有你把它当回事，它才会把你当回事，你想别人如何对你，你就要如何对别人，这是关系学里颠扑不破的真理。

如果你还没准备好这份静下来种花的心境，说实话，不如不开始。每一盆植物，都是一个生命，用对待一个生命的态度去对待一盆花草，一定不会失望。

但如果你已经准备好只去享受这个过程，体验一路感受，相信你的生活一定会像你手下的植物一样美好。

每每有朋友发来图片询问：为何我的绿萝养着养着，叶子就黄了，面相难看，再不像买来时那样油绿油绿的？

我会首先瞧一下盆里的土。这一瞧，便会跟他说，得先把土换了。

种花最好用基质栽培，一些园土（农村菜地里直接挪来的土），又黏又重，因为不透气，便影响植物的根在土里面呼吸（植物也要呼吸的哦），所以用这种"泥巴"种出来的花草，即使是最好活的绿萝，到最后也会因为根底积水烂根窒息而死。

所以，土才是最重要的，用好土是种好花的第一关。

如果你不想看到买来时一盆结结实实的植物，在你手里没养几个月，便一副病恹恹相，那么就先动手专门为它配制合适的土。

疏松、透气是最基本的要求。本人喜欢最简便的"三合一"配制土：泥炭或者椰砖三份，加园土一份，再加少许珍珠岩（用于吸水）。这些东西网上都有卖的，这样配制的基质基本就能达标。当然，如果你嫌这样太麻烦，那就直接网上买营养土，直接入种即可。

一开始，也因为不懂这一关键点，手里养死好多，直到跟了花友们，才知还有这么个窍门，感叹每一行都藏着很多学问。

安置好了土，再考虑新手种花五字诀：温、光、水、气、肥。

● 2. 温度 ●

关于温度这一点，需要考验种花人细心、用心的观察力。

说起来挺简单，只要认得植物的原产地，基本就能把握如何养了。南方植物怕冷，三角梅、茉莉、扶桑、白兰花，一到冬天，要早早把它们移进室内。

前年冬天尤其冷，我的许多花友没留意及时把三角梅搬进屋，结果过了一冬，眼睁睁看它变成一棵枯树，心痛不已。而我家的这盆三角梅，就因为我长了个心眼（其实也是因为经验），一入冬就把它搬到楼下阳台窗口，于是去年红红火火开了整整一个夏天。

所以，就像换季时主妇忙着整理柜子里的衣服一样，在入冬和入夏之季，种花的人都会很忙，忙着把花盆从室外搬进屋里，从屋里搬到室外。

但这忙碌，一定是值得的。

花
园

阳光是植物的食物。

植物必须有光，才能生长得好，区别在于不同的植物光照强度大小、时间多少的问题。

其实也很简单，只须把植物分"阳性"和"阴性"这两个属性。属阳性的，顾名思义，需要的光照多、时间长。一般的开花植物，尤其开硕大花朵的，阳光普照越多越久，花便开得越繁盛越灿烂。相反，属阴性的，自然是那些不开花或开小巧花的绿植，只须放在窗台下、玻璃房里有散射光照的地方，便能蓬勃生长。

掌握这个基本原理，养的过程中便能收获许多惊喜。譬如我家露台，分南北两面，三角梅、扶桑、牵牛、月季这些要热热闹闹开花的，都被放在南面露台上，充足而持久的阳光让它们按着自己的时令节奏恣意绽放，南园在春夏两季总是热闹非凡。而喜阴的，不能被太阳暴晒的植物，就被放在北面，比如各种多肉，马蹄金、千叶兰、活血丹这些挂盆绿植。还有如鸭脚掌木、龙须树、芦荟、吊兰等，可以放在室内的客厅、窗台下，每天进门，一屋子清新养眼，可扫一天之疲惫。

● 4. 浇水 ●

好多人都会说，我真不是养花的料，连仙人掌都会养死。

仙人掌的确是最好养的，搁在窗台上，几个月不管，依然贱贱地活着。但是，如果连这么好养的仙人掌都会被你养死，我估计就是浇水的问题。

有些植物需要每天或隔两三天浇一次水，比如向阳的开花植物，而有些，真的不必经常浇，比如一些喜阴植物，这个度需要种花人慢慢摸索。

就像不同的人脾性各异，每一种植物都有自己的品性，这就需要你观察，然后了解，直到懂它，如此你所培育的花草一定会如你所望。

关于浇水，坊间有十二字原则：见干见湿、不干不浇、浇要浇透。

就是说，干了再浇，不干就不要浇，浇就要浇透。浇水过多，导致根系积水，就要烂根、窒息而死；浇水过少，植株缺水，当然也会萎蔫而死；如果浇水不透，虽不会导致严重后果，但根系因为无法生长良好，这棵植物就会长得矮小、孱弱，营养不良。

所以，浇水很考验种花人的用心。

● 5. 空气 ●

我一直认为，要养好一盆植物，空气跟阳光一样重要。

每天清晨，起来第一件事便是，打开屋子所有的窗，让空气在屋里流动。想象我的植物们在密闭的房间里闷了一个晚上，就像一个被关在四周无窗的牢笼里的人，这时候放他出去放风，即使只是在牢笼外的空地走走，那感觉，也是很幸福的。

所以，对于植物，通风很重要。根系在土里，需要透气，上面的花叶，也需要流动的新鲜空气，才能萌发蓬勃生机。

再者，微风轻拂，花叶摇摆，再在屋内放上舒缓流淌的古筝曲，这样的意境，对于种花的人，也是需要的。

● 6. 施肥 ●

其实我觉得肥这个东西有点锦上添花之意。

基本上我家园子里的花草，每日吸收阳光雨水，只是我记得时添点肥，它们照样开得很旺盛。大概是我这园子已成气候，众多植物之间又有相互竞争的本能，所以不必我这个主人多费心思。

关于施肥，总的原则是"薄肥勤施"（我总是做不到勤），也就是"少量多餐"。初买来，种植时可在盆底放些底肥，干鸡粪、油饼羊粪啦，平时施肥，要选在植物生长期，春季开花前，最好下雨或浇水前施；秋后到冬季气温低，花卉生长缓慢，一般就不需要施肥了。

至于氮肥促进长叶、钾肥强壮根部、磷肥促使开花结果这些理论知识，我总是搞不清楚，也从不去记它，想到要施肥，往盆里扔几粒复合肥或洒点网上买的水溶液体肥，浇水的时候顺带把肥也施了，怎么简单怎么来，本着这样的随性种养，花草们倒也没有让我失望，依旧蓬蓬勃勃生长，自自然然开花。所谓无为而为，用在任何一个地方，都是行得通的。

一点小技巧

● 掐头 ●

掐头这个技巧，最早从我爸那里受得。

种植的头几年，小农意识兴起，开始在露台的一点土里倒腾菜蔬，种的丝瓜、黄瓜总结不多，便去问农活儿能手——我爸。我爸说："你要掐头呀！苗长到半人高的时候，把嫩头掐掉，这样分枝就会多，丝瓜才结得多。"

我不信。其实不是不信，是觉得，那么嫩的头，怎么掐得下去？

想到小时候院子里瓜棚下吃不完的丝瓜、葫芦，还是遵了老农的方法一试，果真灵验。

后来一资深花友也告诉我，牵牛藤爬到一寸高时，要把顶头掐了；玛格丽特在爆出蓓蕾前，要把每个分枝的头掐了；月季枝条长得很高时，要剪掉蹿出的头……

总之，掐头这一技能，在我多次尝试屡获成果后，被我欣然接受并学得游刃有余。浇水时，见哪一盆枝条长高了、斜逸了，右手提着壶，左手便以采茶女摘茶叶的手势，三下五除二把嫩生生的头掐光了。三角梅、月季、海棠这些木本或带刺的，拿剪刀"咔嚓"，干脆利落，再没有一开始下不了手的犹豫，因为我知道，这样做，其实是为了让它们长得更壮，花开得更多。如果不忍掐其头而任其滋长，有限的养分便会源源不断供应它们，最后枝条长得横七竖八，花也开得稀稀疏疏。相反，在适当时候把主枝头掐了，便不断会有侧枝从掐了头的主枝上分出来，如此掐一个分出两个，一段时日后，这盆植物便长得很有型了。

只是这样便会延迟开花。有时一盆玛格丽特明明好几个蓓蕾挂在枝头，心狠手辣的我，会毫不留情把这些蓓蕾剪掉。剪完后的一盆玛格丽特，像剃了光头一样，开花，自然是要等重新长出侧枝，蕴出蓓蕾。不过，这样处理后，花会开得更多、更密。

心理学上有一个理论叫"延迟满足"，就是我们平常所说的"忍耐"，为了追求更大的目标，获得更好的享受，放弃即时就能得到的满足。原来这不仅可以用来指导教育孩子，也可以用来指导培育植物。

即便针对的是某盆花，考验的，还是人。

　　自从把一根折断的金银花枝条随手放在花瓶里水养，一个月后它竟然在水里长了根，再一个月后竟然在瓶子里开了花，我便找到了一种懒人种花方式——水培。

　　不要说只有绿萝、铜钱草才能水培，我们要打破惯性思维，相信一切都是可能的。我水养过翠芦莉、狗牙花、矮牵牛、双色茉莉、二月兰，它们都很好地开了花，甚至多肉的景天和长寿只要有根茎有叶子，在清洁的水环境里，一样按时开花不误。有一次我剪了几根满天星绿枝，插在一只小小瓶子里，几天后它竟然在瓶子里开了许多满天星小花，发到朋友圈，立刻有人惊叹——满天星也能水培啊！

　　把土豆水养至开花是我水培路上的最得意之作。

　　有朋友送我十几颗已经发了芽的土豆，说："亲，你是种植能手，这土豆芽根都这么长了，我们不忍吃，你拿去种吧。"

　　看着这十几颗冒着鲜活生命力的土豆，我也犯难了，我又不是农场主，哪有那么多地种土豆？

　　可是，既然朋友这么信任我，不就十几颗土豆吗？把冬天养水仙的盆翻出来，挑了两颗型正的，放到盆里水养，其余多的，通通埋到北露台紫藤架下的花坛里。

　　半个月后，埋在土里的土豆啥也没冒出来，放在水里的两颗却开始滋滋地抽芽长叶。不过就是半盆子水，窗台口每天一点阳光和风，那生命力，简直就像打了生长素（我可没往水里加任何营养素），最后竟长到一窗之高，而且在五月的某一天开了一串淡紫色的花。

你见过土豆开的花吗？

尽管我从小也是在农林里长大，还真没见过土豆开花。我发土豆开花的图片到朋友圈，各种惊叹和赞美——

"土豆还会开花啊……"

"土豆花也这么好看！"

"第一次见土豆花。"

"农村里长大的我也不记得土豆会开花。"

我要强调的重点是，这棵开花的土豆，我是用水养的！

水培的最大方便就是，不用每天记得浇水（夏天浇水的确很烦啊），也不占地盘，窗台上、饭桌角、茶几边、书柜顶的空闲处，只要保证能见着光，搁上十天半月不去管，都不成问题，绝对是懒人养花的绝佳方式。

至于盆器，未必一定是买的花瓶，酒瓶就是水培极好的瓶器之一，还有饮料瓶、酸奶瓶，总之，一个普普通通的瓶子，只要插上植物，格调便立马不一样了，何况现在的酒瓶子好看得像南宋官窑烧制的一样。如果你嫌瓶子太一般，就往瓶子外面粘一圈麻绳，那味道，立刻就又不一样了。

水
培
红
薯

一花一世界

我一不小心迷上了种花。

这要是在几年前，简直是一件难以置信的事。

从一盆仙人掌、几盆吊兰和绿萝，到现在一整个园子，这中间从无到有，及至缤纷满园的变化，越来越让我感悟到，世间事，真的没有什么不可能的。

如果我告诉你，在开始种花之前，我是一个花盲，你或许不信，但这是真的。我大概也就认识仙人掌、吊兰和绿萝这些最简单的植物，我并非天生爱花，甚至买房子时挑有露台的顶楼，也不是为了种花。

这是一件很奇妙的事，我就在那一年突然想到要种花，发现这个顶楼的露台可以让我大展手脚，简直欣喜若狂。

开始在这个空荡荡的露台建我的罗马国，是在五年前。还记得第一次去花市逛时，连盆一起买了一株碗莲，当年夏天，就从莲盆里开了两朵白色莲花，那是第一次种植带给我的快乐。春天一位朋友送了我一株百合苗，我按时浇水，时常照顾，六月的时候，从高挺的青枝上，令我惊喜地开出一朵洁白的百合花，那是我第一次感受到种植带来的成就感。之后，我就像一个尝到恋爱滋味的女孩，内心无时无刻放不下对心上人的思念一样，对花草的沉迷喜爱，像一个狂热的追求者一样不可自拔。

我开始对路过的一草一木一花一叶细细关注起来：春天，柳枝上柳芽什么时候黄黄绿绿地发了出来，绿化带里垂丝海棠开得满树满枝；夏天，马路两边的紫薇就这几天开始热闹繁盛起来，明艳的黄色萱草花从地面一朵朵探出头来；秋天，芦苇丛里再力花安安静静地开着；即便是冬天，望见路面上迷人的角堇和石竹，也会觉得瞬间有暖意入心。

这些都让我即便一个人走在路上，眼里也盛满灵动和美好。

一年四季花红草绿，看似重复的日复一日，其实每一天都变化着。

这就是所谓的季节感吧！

可是我以前从没有这样去感受过，这种感受，让生命充满了感动和喜悦。

种花，让我过上了有季节感的生活，这种有季节的感受，倏尔将我的感知力唤醒，而这种感知力的唤醒，让我每一天都过得鲜活、饱满，不像以前那样粗糙、迷糊。我时常觉得，这个世界上分分钟都有美好的事情发生，我用一生的时间去感受都不够。

我会在某个傍晚时分，为看见露台上一朵蓝色鸢尾花开而雀跃，会在发现一盆黝黑的泥土里有嫩嫩绿芽钻出土面而欣喜激动，会在清晨薄雾迷蒙时，因看到晨曦温柔地洒进园子，安静地照在花草们身上，而感到生活好幸福……

渐渐地我发现，原来的急性子改变了，看事物非黑即白的二元观，也可以有灰色地带了。心境慢下来了，性情变柔软了，这是很神奇的事，原来我们都在和自己的天性较劲，我用几年时间种花，达成与世界和解，与自己和解，所谓一花一世界，大概就是说，平凡的小事里，蕴藏着诸多人生智慧。生命的修行，不一定要闭关打坐、念经诵佛，吃饭、扫地、种花，哪一种不可以？

绣
球
花

春

夏

秋

冬

辑三

四时花开

春

立春

明媚的迎春开了

想到要在露台上种植迎春，是受后面六楼那户人家的影响。

我家的北露台，正对这户人家的南露台。每年早春时节，在北露台上洗晒，抬眼便能看到那家露台上旖旎的风景——一大蓬开得洋洋洒洒飞瀑流泉似的迎春花，明媚得夺目耀眼。

这片迎春几乎占了露台三分之二的地盘，垂垂蔓蔓墨绿色枝叶，瀑布一般垂挂到楼下窗台上，几乎遮了大半扇窗户。大多数时间，这片迎春呈现一片葱绿，但立春一到，它们便从那瀑布似的葱绿中，星星点点绽放出百十朵明艳艳的黄色小花，煞是好看。

我一直以为，迎春这种随处可见的植物是不适合在家里种植的。它更多应植在河边，密密匝匝的花叶，把河水映成通绿和鲜黄。它还多见于山脚边，簇拥成一排紧密的篱笆，常年的青翠枝叶，衬托得深沉的山也变得生动灵秀。它更应在高架桥的水泥扶栏上、学校走廊外沿的方形花坛里，一排活泼整齐的迎春花，给行色匆匆的路人眼前擦亮一束明光，给楼下教室里沉闷的课堂增添几分明朗轻快。

原来在自家露台上种植迎春别有一番风情。

这样的诱惑一天天累积，终于在某个晚上，我忍不住开始行动，准备去小区楼下河边剪迎春枝条种。

过程有点曲折，不说也罢，那迎春枝条到底还是被我剪了来。记得是初秋，适宜扦插的季节，那几天秋雨绵绵接连而下，而迎春又是极容易插活的。两个月后，发现插在土里的枝条一侧有小小的芽尖顶出来，过了几天，开始抽出翠绿色的叶子，叶子越来越多，枝条也开始往外伸展。

到了第二年春天，那些伸展的枝条已经悬到了不锈钢扶拦外。大概在立春前几天，某天清晨，我惊喜地发现伸到栏杆外的枝条上开了一丛黄色小花。小花一朵朵缀在粗老枝藤上，看到这些清新的迎春花开在自家露台上，惊喜之外竟生出一份得意。

干净、鲜活、明艳、可爱。要怎么形容迎春花的好看呢？

作家阿来在《草木的理想国》一书里这样写迎春花："五裂的花瓣规则中也有许多的变化，黄色花冠靠近中心的地方，一条条暗红色的淡纹环列于通向子房的那个幽深通道的进口，中间，是更加嫩黄的花蕊。"

我觉得迎春是那种让你既不觉俗艳又温暖到心头的花，它不像同样在早春开的贴梗海棠，浓艳得像一团火，也不像傲骨红梅，让人心生崇敬。迎春和蜡梅，倒是有同样的清新风骨。但似乎迎春更受人喜爱，虽说蜡梅是以香取胜，但蜡梅不常能见到呀，哪里像迎春，路边、桥下、山脚、河岸，到处都能见迎春花的身影，呼啦啦告诉所有人——春已到。

迎春花开的那些日子，下班走到楼下，会抬头望一眼楼顶，远远地，看见一片温暖亮丽的黄色从楼顶铺泻下来。乍暖还寒的早春，裹着厚厚的羽绒服，冷风里也会瑟瑟发抖，看见这抹明亮的黄色，仿佛黑夜里看到家中透出的暖黄灯光。

所以说，春天是在迎春花开的时节里慢慢把寒冽的冬天驱散的。

从天文学上说，立春是春天的开始，但从气候来看，阴寒未尽，乍暖还寒，大地还是一片灰沉，是河边桥上、山脚、公路两旁斜敧而出的一簇簇耀眼的迎春花，点亮了眼前的这片萧杀，拉开了春天的序幕。

我在前后露台上都种了迎春。有一天在厨房做饭，北露台上垂下来的迎春枝条，在厨房窗外不停晃动。雨天，那几根长长的挂着水滴的枝条被风吹摆着，看到枝条上已经有几朵小花开了，瞬间停下洗菜的手，站在窗口，看细雨中轻扬的枝叶，小花嫩黄的花瓣沾着雨水，说不出地清新可爱。

抬头，望对面的露台，迎春花早已如星火燎原般一片明艳了。

迎
春
花

雨水 · 自强的蟹爪兰

如果说立春时大地还有一半沉浸在寒冬的怀抱里，那么雨水一到，春天的暖色，便活脱脱地从沉睡的世界中跳了出来。

这几天去湘湖看梅花，越风楼的梅林已成一片红云，阳光下梅林里拍照的游人和手持长镜头对着梅花拍照的摄影发烧友，足以让你感觉到，暖春已把我们融融包围。

雨水这天，正值春节，窝在家里不出门，闲了到园子里探花。咦，架子上那盆蟹爪兰好像开了！几朵颜色鲜艳的花，挂在竹节似的叶茎顶端，花蕊好像蛇芯子，往外翘得很长，花瓣向后翻卷，整朵花样子十分奇特，好似一张血盆大口，姿态有点张牙舞爪。

看到蟹爪兰开花，着实意想不到。它蛰伏两年了，叶茎总是软绵绵的样子，被我遗弃在楼下阳台角落，我甚至不确信能不能把它养活。又不知道哪天心生慈悲，看着这盆蟹爪兰半死不活的状态，把它搬上了露台，可能也是实在看不下去，趁天气也日渐暖起来，姑且拿上去，

168死马当作活马医吧。

也幸亏搬了上来，半个月后，发现蟹爪兰枯瘦的枝节变硬朗了，一直暗淡无光的叶片也微微泛出了鲜嫩的光泽，更让我眼睛一亮的是，扁平的茎节顶端，竟长出了很有形的橄榄状蓓蕾。

看到这变化，真是高兴，赶紧把它挪到阳光最充沛的位置，它到底还是没有辜负我，不仅活了过来，而且开出了花。

在西方，蟹爪兰又被称作"圣诞仙人掌"，在中国，蟹爪兰也是冬季里的喜庆年花。如果你嫌冬天家里没有色彩，可以养一盆蟹爪兰，它和仙客来一样，鲜艳浓郁的颜色能让你冷瑟的家瞬间充满暖意。

蟹爪兰令人惊喜地开花，使冬天的园子一下有了色彩。

养蟹爪兰其实有些讲究。春天和秋天是它的生长旺季，要让它接受阳光的直射，而到了夏天，气温33℃以上开始进入休眠期，这时就要让它到庇荫处，秋凉后开始孕蕾，又要拿到阳光下。这时候还不能经常搬动，蟹爪兰向光性很强，如果频繁变动位置，花就开不好。

想来那两年我是怠慢它了，一直把它弃在"冷宫"里，然它的生命力如此顽强，并没有因我的遗弃而放弃自己。

辑
●
三

那一刻我深深被这盆开花的蟹爪兰感动，于是写下
小诗一首，以表达我的愧疚。

　　你开了，张牙舞爪

　　仿佛用尽所有力气

　　要向全世界证明，你的美

　　其实你真的，不必如此

　　真正让人感到强大的

　　是春风化雨般的柔和轻盈

蟹
爪
兰

惊蛰·
有使命的二月兰

第一次见到二月兰，是在湘湖边的山脚下。

那一片紫色的小花，开得烂漫。那时迷上种花像入魔一样，见到喜欢的就想拥为己有，正开车路过的我，竟把车靠边停了下来，去后备厢，取了工具（常备的剪刀、铲子），无视马路上车来人往，大模大样走过去，挖了两株。

两株二月兰种在露台上，没过多久便开了花。

淡紫色的小花，好看极了！

心喜雀跃地拍了照，发给朋友。

"二月兰啊！我老家多得不得了，漫山遍野的，小时候房前屋后长得跟野草一样，母亲为了辟出地来种菜，经常一把一把地拔了。"

我初见二月兰的怦然心动，就这样，被这位朋友轻描淡写地给抹杀了去。我突然想，这个世界真是不公，我见二月兰欢喜得如遇见梦中情人，他却毫无留恋抛了那片美丽风景，来这里追寻他的爱情——这位山东小伙当年为了追随杭州女友，大学一毕业便离开家乡，扎根在了这里。

《植物名实图考》上说二月兰"北地极多"。季羡林大师写燕园里的《二月兰》："只要有空隙的地方，都是一团紫气，间以白雾，小花开得淋漓尽致，气势非凡，紫气直冲云霄……"就这"直冲云霄"四个字，就能想象二月兰在北方的任性。世间事物皆以稀为贵，一旦多到随处可见，审美疲劳是最令人悲哀的。

那几年不知怎的，江浙一带二月兰也多了起来，还是我以前不曾留意，因在识花的寻寻觅觅中碰见了——哦，原来你就是二月兰。

这两株二月兰，就这么在我的露台上扎根繁衍，从此每年六七月就会从地里冒出一批幼苗，圆叶，叶缘有细齿，看上去很像小时候农地里种的芥菜苗。但我知道我不曾撒过芥菜种子，因而想到它们可能是二月兰苗，观察了半个月，它们果然便长出了二月兰的样子。

"二月兰具有较强的自繁能力，一次播种，年年能自成群落。"

难怪，此物当年曾救诸葛亮带领作战的一众饥荒军队人马。那一年，军队在荒凉不堪的蜀地遇军粮接济不上。有一次下乡，军师诸葛亮看到地里一大片的二月兰，问当地老农这是何物。老农告诉诸葛亮，此菜浑身是宝，叶和茎皆能食用。军师听闻，便率士兵大片种植，摘其嫩梢，以充军粮，全体士兵们竟然因此度过了那一阵饥荒，于是"诸葛菜"一名由此而来。

而此菜的价值，除了让当年诸葛亮带领的蜀兵聊以充饥维持行军打仗的体力，就现代人养生方面，也有专家权威论证：

"诸葛菜为早春常见野菜，其嫩茎叶生长量较大，营养丰富。据测定，每100克鲜品中含胡萝卜素3.32毫克、维生素 B_2 0.16毫克、维生素 C 59毫克。种子含油量高达50%以上，又是很好的油料植物，特别是其亚油酸比例较高。亚油酸，具有降低人体内血清胆固醇和甘油三酯功能，可软化血管和阻止血栓形成，是心血管病患者的良好药物。"

其实许多植物都有药用价值，只是像我这样总是无法接受拿平常观赏的花放油锅里炒来吃。有一年在北京，端上来一盘茉莉花炒蛋，看到盘子里一个个白玉似的茉莉蓓蕾，竟伸不出筷子。

前几天爬北干山，拾级而上的小坡路上，矮矮地长着一丛丛二月兰，原本这爬山路两边都是高大灌木，这些散落的紫色小花，给这山路添了许多灵动，好像爬山的路，也立刻感觉轻盈了许多。

一说到海棠，就会想到《红楼梦》里的海棠诗社。

初秋时节，一群十四五岁的少男少女，在大观园里闲得无聊，玩起写诗游戏。作家兼美学大师蒋勋说，海棠诗社是大观园里的青春游戏。

看这群少年，每人先从改名字开始，按当下心境，给自己取个新名儿，这是一种自我独立的开始。再看他们作诗，哪里需要费神伤脑，分明都是出口成章，玩儿一样。蒋大师也不由得感叹，相比现在的小孩，古代的小孩子连游戏也玩得如此文雅。

宝钗："胭脂洗出秋阶影，冰雪招来露砌魂。"

宝玉："秋容浅淡映重门，七节攒成雪满盆。"

黛玉："月窟仙人缝缟袂，秋闺怨女拭啼痕。"

此刻我以一个植物爱好者来读宝黛钗三人写的海棠诗，常识的视角便惯常跳了出来。这三首诗，都带有"秋"字，可见他们当时吟咏的海棠花是属草本一类的秋海棠，跟我露台种的贴梗海棠，虽然同有"海棠"之名，却是家族完全不同的两个派系。

草本的秋海棠，普遍都叫四季海棠，绿化带里一大片一大片的，一年四季都能见到。而大家常提的"海棠四品"，说的是木本的四个品种：贴梗海棠、垂丝海棠、西府海棠和木瓜海棠。《群芳谱》里写："海棠有四品，皆木本。贴梗海棠，丛生，花如胭脂；垂丝海棠，树生，柔村长蒂，花色浅红；又有枝梗略坚，花色稍红者，名西府海棠；有生子如木瓜可食者，名木瓜海棠。"

我园子里的这棵木本贴梗海棠，只在早春时开上半月，花期极短，开时却浓艳夺目至极。

跟许多先花后叶植物一样，初春乍暖还寒时，光秃秃的老枝上开始冒出小蓓蕾。这些点点殷红小蓓蕾，看花者不经意发现，立刻感觉像有一束光在心头点亮，期待的蠢蠢心便跟着这些小蓓蕾日益饱满起来。

直到某一天开出第一朵花，直到所有的浓艳在老枝上呈现，这颗蠢蠢期待心才达到极致。海棠盛开的那几天，每天围着这盆红艳流风的海棠，其他的花都不在我眼里。

海棠自古多情，古时文人都喜拿海棠作喻。无论是唐明皇在杨贵妃面前直叹"岂妃子醉，直海棠睡未足耳"，还是苏东坡独自面对海棠"只恐夜深花睡去，故烧高烛照红妆",甚至女词人李清照一夜急风骤雨后慨叹"应是绿肥红瘦",都表达了对海棠无尽的喜爱。

其实海棠受宠历史很早,在汉代就已进入皇宫内苑,及至宋代,受宠程度达到鼎盛。北宋藏书家沈立在其《海棠记》中这样写道:"其红花五出,初极红如胭脂点点然,及开则渐成缬晕。"

初极红如胭脂点点然,及开则渐成缬晕,这不就是我所感受到的却无法用词来形容的海棠的气质吗?这盆海棠在园子里,算是元老级别。当年买时,连它名字也不得知,在小区门口老花农的三轮车上遇见,就毫不犹豫地买下。没想到它极好莳养,花期虽短,开完却不必多料理,一直放在东墙篱笆下庇荫处(不像三角梅那样冬天要挪进屋)。开完花长出一片鹦绿的叶,有时还结几颗小巧的果,即便冰天雪冻也无碍。有一年,一场雪把老枝压得严严实实,殷红的蓓蕾却在厚厚的积雪堆里一颗颗顶出来,到春分前后,海棠竟如期而开,让我对海棠更多生了一份敬佩。

种一架紫藤
等花开
● 清明

我得给紫藤搭一个架子了。

很让我意想不到，当初一棵尺把长的小苗，是同事网上买来的，因发现家里实在没地方种，便转送给了我，我把它种在北面露台上，才一年，它便长得枝叶葱郁，一片葳蕤。

我对紫色的花，有一种偏爱。有一年去桐庐狄蒲村，有个猪栏茶吧，进门，院子里一棵开了满架花串的紫藤惊艳了我，硕大的紫藤花一朵一朵从头顶垂下，像一把紫色的大阳伞，把院子泼洒得紫气磅礴。游客们争前抢后找各个位置拍照，都是女人。紫色应该是大多数女人的偏爱吧，所以，自从在露台上种花，我便一直想种一棵紫藤，感谢那位同事慷慨相送，虽然于她是舍弃之物，于我，却如获至宝。

看到藤蔓在空中交错盘杂，赶快给它搭个架子的事迫在眉睫。

其实我很想给这棵紫藤搭一个高档华丽的架子，一直觉得这么高雅的花架子怎能简陋，楼下小区中央花坛里，也有一架紫藤，那紫藤架，气派！厚实防腐木条串成一个弧形，每年四月，一串串紫色花串，嵌在木条空隙间垂挂而下，形成一架紫色的弧形花廊，每次花开得繁盛的那几天，我下班回家前，都要到花架下面站一会儿。

可是北面露台的花坛子实在太狭窄，如果也搞成这样，气派是气派，却感觉极不搭调，好像给一个十岁小女孩穿上大牌华服，有硬充门面之嫌，想来想去，还是简陋之风更适合它吧（本来嘛，来我家露台也是那么随意，好像领养一样）。

于是找来工人，在小花坛四周围起一个不锈钢长方形框架，再用一根根竹竿并排接在中间空档处，这样，一个简易的可以说是粗陋的紫藤花架建好了。

把已长成一人高的紫藤树干扶到扶栏上，把乱分权的藤蔓用绳子松松绑在竹竿上（免得藤蔓们找不到方向），这棵长势喜人的紫藤小树，就这样有了依靠。

紫藤当然也没嫌弃这架子，反倒像找到了人生方向，循着竹竿，一天天"攀沿附势"往上爬，很循规蹈矩。偶尔，看到那些偏了方向，孤零零往外空悬的枝条，便一脚踮在水泥池边，伸长手把它们拨回来，妥妥搭在竹竿上，这样我的心似乎也踏实许多。

有了依靠，紫藤内心仿佛长了理想的翅膀，飞快地长，看那架势，很快就要长成小区后面圆坛里那一架紫藤的样子，而我的喜悦和激动，也随着紫藤日益婆娑的绿叶一天天漫延。

终于到第三年的时候，它开花了。

那是人间四月的春天。清明节前几天，晚上去北露台洗晒，突然闻到一阵浓香，裹挟在风里飘进来，一阵一阵地，撩拨我的鼻子。我对花香向来没有免疫力，立刻放下手里洗的衣服，走到门外，才看见一串串紫藤花娇娇柔柔泼泼洒洒从架子上挂下来，夜色里，好像一张紫色的帘幔罩在不锈钢架子上。

古人说"藤花无次第，万朵一时开"，的确，两天前还是未打开的鼓鼓花苞，突然就哗啦啦集体全部打开，连招呼都没打，实在也是惊叹于它的豪放和洒脱。

之后的每年四月，我终于可以一个人，就在家里，在我的园子里，欣赏满架的紫藤花开。而每当春夜月色朦胧，我走进北露台，或是去洗涤，或是去给花们浇水时，总会忘了最初要去做的事，而被紫藤醉人的香气吸引。

这时候，真希望有一个人，和我一起，在满架的紫藤花香下，什么也不说，只对着清清朗朗的月光，静静相对而坐。

只是坐着，便觉得很美好。

鸢尾花开紫蝶飞

● 谷雨

　　一直把这盆鸢尾当菖蒲养，直到它开出蓝紫色的花。

　　那天去一家隐藏在某小区的私人花圃淘花，卖花的人（估计是个伙计）明确告诉我它叫菖蒲，我也是看中这个极有味道的四方紫砂盆，便兴冲冲把这盆"菖蒲"带回了家。

　　那时候对植物真是无知。每次去花市淘花，必追着店家一盆盆问过去，像一个认真好学的学生。

　　买来后，养了一个月，正是谷雨前几天，许是雨水的滋润，叶子日渐抽高，挺拔如一把剑，叶形阔扁浓密起来。终于有一天，从挺拔的剑叶顶端，长出一个鼓而尖的深蓝色花苞。第二天傍晚去露台，这花苞已然打开，如一朵紫蓝色的蝴蝶花。

　　一定不是菖蒲。那会是什么呢？

　　"好像一朵紫色的蝴蝶，突然飞到了这里。"当时就想这样形容这朵花开的惊喜。"我以为是微风过处，一张老树叶抖动了一下，却原来是第一只蝴蝶飞出来了。我以为是自己眼冒金星，却原来是第一朵花开放了。"但或许用苏联作家普里什文的这句话来形容更富有诗意。

后来终于知道，它叫鸢尾。

鸢尾因花瓣长得形如鸢鸟尾巴而得名，但其实"紫蝴蝶"这个别名更形象、亲民，它还有个外国名字——爱丽丝，还是浪漫花都法国的国花。

能把鸢尾和菖蒲混淆，也只有像当初那样无知的我才会如此，现在看这两种植物，无论从形还是性看，完全不一样嘛！

菖蒲，天南星科植物，花序呈棒状，像蜡烛，黄褐色，夏秋季开花。

鸢尾，鸢尾科植物，花蓝紫色，盛开时向外平展，花形大而奇，宛若翩翩彩蝶，春季开花。

凡·高有一幅名为《鸢尾花》的油画，目前收藏在美国加州保罗盖兹美术馆。据说，这幅画曾拍出5300万美元的高价。当然那已经是1988年的事了，距天才逝去已近百年。而此画拍得如此的高价，凡·高若是地下有知，是该感到欣慰呢还是觉得凄凉——这位伟大的艺术家，当时创作这幅作品时，却是困在连饭都吃不饱的境地。

那年是1889年5月，也是凡·高去世前一年，他因精神极度失常，被住进法国圣·雷米一家精神病院，《鸢尾花》便是天才在精神病院里的创作。当年对未来极度迷茫的凡·高，把精神病院里的许多植物作为他的创作源泉，而绘画，是他对生命的最后挣扎。

植物是能够给人力量的，尤其是在你感到人生最灰暗的那一刻，去看一朵绽放的花，去欣赏一盆葱郁的绿植，它们开得那样无怨无悔，长得那样生机蓬勃，世间的一切艰难，都抵不住它们努力生长的姿态。

我们要向植物致敬，向一朵花表示钦佩，因为它们不仅带给我们美，更带给我们生活的希望。

鸢
尾

夏

立夏
是
花
非
花
三
角
梅

立夏这天，三角梅已经红得像一团火了。

去年冬天较暖和，三角梅的叶子没有掉光，绿绿地熬过了一个冬，这是很难得的。

三角梅是南方植物。我记得有一年去海南，见一路火红的三角梅，把眼睛都看得要冒出火来，所以三角梅能在湿冷的江南坚强地生存，还开出这么艳的花，实在是不容易。

露台养有一盆三角梅好几年，我观察过它开花的过程。

也许是因为每天跟花草在一起，观察一朵花，从很小的蓓蕾开始，看它一点点饱满、一点点打开，直到全部绽放，这个过程就像放电影一样，在你眼前呈现，是一件非常奇妙的事。

没有鼓鼓花苞，四月中旬，从碧绿的叶丛顶端，长出极小的三片绢纸似的红色花瓣，初时聚拢，后渐渐散开，不断散开，那红色便日渐浓郁，终于，红色的花瓣密密匝匝掩盖了绿叶，呈现在眼前的这盆三角梅便热烈得像一盆燃烧的火。

从初夏的五月，一直要开到仲秋十一月，足足半年。汪曾祺先生说昆明的三角梅："它好像一年到头开，老开着，没有见它枯萎凋谢过。"这话真不假，整个夏天都能看到三角梅蓬蓬勃勃不断开着，即使到了凉风飒飒的秋天，它还在开，停不下来的节奏。

可是，如果我告诉你，那火红的绢纸般的花瓣，其实不是三角梅的花，那只是苞片，三角梅真正的花，是藏在红色苞片里的三根花柱顶部极细小的白色小花，你也不要感到惊诧，植物世界就是这么奇妙，令人匪夷所思。

"花顶生枝端的三个苞片内，花梗与苞片中脉贴生，每个苞片上生一朵花。"网上这样描述，怪道叫它"叶子花"，有时候，看见的也不一定是真相。

既像绢纸，凋落也与一般的花朵不一样，开到一定时候，"叭"，整朵落了下来，在地上，还那样色艳骨挺，不似百合、月季那般悲戚戚的苦相，好像是哪个手贱，故意从枝头强硬将它掐下。有时候看到成片散落在盆下的花朵，总舍不得清扫掉，觉得这样的落花也很美。

好在三角梅实在是会开，这边厢不断地掉落，那边厢也不断地开出。汪曾祺说："大概它自己觉得不过是叶子，就随便开开吧。"这话虽有趣，倒也说出了三角梅的实在。

以前不喜欢看三角梅，总觉得它像假花，种了这棵三角梅，便越来越喜欢。有一年冬天去云南大理，在洱海的南诏风情岛上，成片成片的三角梅，从浅到浓各种颜色，依着洱海，开得惊心动魄。再有一年去海南，那里更是三角梅的天地，高速公路两旁，行道树竟然是三角梅，一路绵延繁盛，开得任性不羁。向车窗外兴奋地看过去，马路两边鲜活生动，原本枯燥的行途，因有一路的三角梅可欣赏，变得一点也不无聊。也是，有这样的风景，旅途怎么可能乏味？

最近几年，种植三角梅在花友中很流行。江南四季分明，夏天闷热，花友们种的多肉，过了一个夏季基本要死去一大批，他们痛定思痛后便纷纷选择种三角梅。

从初夏起，三角梅能一直开到秋天，只要冬天保护得好，第二年夏天，又是一片妖娆。花期长，这大概是许多爱花的人都喜欢种它的缘故吧。花友们种的三角梅可谓色彩多样——大红、水红、紫红、宫粉、纯白、浅绿等等，造型别致（哪里像我家这棵，粗犷豪迈型），一到夏天，就看他们晒各种色彩各种造型的三角梅，勾引我也去买了两盆，准备往精致风味培育。

种花风格向来也是粗放型，不知道这两盆三角梅能不能在我手里养出另一种风格。

小满
● 金丝荷叶虎耳草

沈从文先生极爱虎耳草，汪曾祺在纪念他的《星斗其文，赤子其人》一文里写道："沈先生家有一盆虎耳草，种在一个椭圆形的小小钧窑盆里。很多人不认识这种草。这就是《边城》里翠翠在梦里采摘的那种草，沈先生喜欢的草。"

立夏过后，虎耳草盆里长出一簇簇白色小花，小花别致可爱，像一只只倒挂的兔子耳朵，在碧青的圆叶间，摇曳生姿。

从来不知叶子阔圆似老虎耳朵的虎耳草开花如此之美，美在玲珑可爱、清秀雅致，不知道沈先生有没有看见过虎耳草开花。

在沈从文的故乡湖南湘西边城，虎耳草长在悬崖间，却是极多，是一种坚韧的植物，平时很难采取。《边城》里，有一次翠翠在梦里摘了一大把虎耳草，却不知道把它交给谁。在沈从文心中，虎耳草是故乡的记忆，回不到故乡，见不到那些虎耳草，只有把它写到小说里，表达对故乡的深情。

也就在小满到来的前几天，又从开满花的虎耳草叶丛里蹿出一根根紫色丝带样细茎，从盆的边沿，直直垂吊而下。之后，在这些紫色细茎头顶生出一朵朵迷你可爱的虎耳草小娃娃，长长的细茎，牵着一个个虎耳草娃娃，风吹起时，摇秋千似的晃晃荡荡，十分有趣。

虎耳草别名金线吊芙蓉、金丝荷叶。《本草纲目》记载："虎耳，生阴湿处，人亦栽于石山上。……一茎一叶，如荷叶盖状，人呼为石荷叶，叶大如钱，状似初生小葵叶及虎之耳形。"

我的这盆虎耳草，是从一位老者手中得来的。这位老者，第一次见到时，他便已年逾花甲，满头银丝，一派大师气质。他是一位专攻蝴蝶的老画家，在近八十高龄时完成一幅洋洋洒洒的《万蝶图》，因那段时间女儿跟他学国画，我才有幸走进那个充满艺术韵味的家。

穿过客厅，老画家把我带到室外露台，竟是一块被大师打造得生机盎然的花园和菜地。在各色果树花木间，见到一片长得放荡不羁的植物，叶子憨厚阔圆，挤成一团，虎头虎脑匍匐在地。这是我第一次见到虎耳草，老画家大概也看出我喜欢，蹲下身，挖了两株给我，说："随便种，可会长了。"

于是我便拿回了家，在露台上，当草一样种。果然像草一样很会长，给它安了一个大盆，春天的时候，竟嫌这个盆不够大，郁郁葱葱的叶子齐齐挤到盆外去。养到第二年的五月，它竟令人惊喜地开花了。

其实虎耳草水养更有味，如菖蒲一样，植在假山水池里，是另一种况味。有一次游富阳龙门古镇，在村里见到一个个长满青苔的石臼里养着虎耳草，从粗糙水润的石头缝里长出来，端的是质朴野趣，仿佛还原了沈先生念念不忘故乡"渡口悬崖罅缝间绿茸茸的，似乎还生长着许多虎耳草"的记忆。

去年冬天老画家突然中风，之后一直在医院卧床疗养。老画家病前对绘画痴迷如狂，不能一日不提画笔。为解他每日卧在病床上不能作画的苦闷，老师母从家里拿来画纸画板，让他另一只尚能活动的右手在病床上作画。我们去医院看望时，见卧病在床的老人神情落寞，但看到我和女儿时异常激动，想提起手臂打招呼，那手臂却是无法动弹，看到这样，我不免唏嘘，心酸。

如今已至今夏小满，从老画家那里拿来的虎耳草已经长得满盆葱郁，又想起那位赠我虎耳草的老人。草木有情，人事无常，想起女儿以前在他那里学画，我在一边作陪，坐在挂满山水、人物、花鸟画作的画室里，听老画家一笔一墨指导女儿，偶尔还聊起他年轻时学画的光景，一点都不觉得时间过得慢。

只是这样的时光再不会有了。唯祝老人康健。

虎
耳
草

芒种
蜀葵花开麦子熟

蜀葵让我想起小时候的络麻。

一样的挺拔、高耸，一样碗状的花，只是蜀葵的花色更多，有紫红、粉红、桃红和白色；而络麻，似乎只开一种：浅浅的嫩黄色。

同样长在乡间，蜀葵栽在屋前院后，只用来点缀、观赏；络麻对那时的农民来说，却是像水稻、小麦一样重要的农作物。

络麻开花的时候很美，一大片的络麻地，一大片的络麻花，在我记忆中，是很有气势的。

乡间除了野花，很少看见这样漂亮的碗状花，浅嫩的黄，单瓣的花朵薄薄贴在麻秆上，风一吹过，微微摇曳，虽是农作物的花，也是美得楚楚有致，只是在那个温饱不济的年代，观花是一种精神层面的奢侈，即便络麻花这么好看，像我父辈的这些农民也不会当回事。

蜀葵在乡间，也长得很有气势，院前、屋后、路边，靠墙角，倚篱笆，一簇一簇，虽不及络麻高挺，那花，却是极艳丽。乡里人不叫它蜀葵，叫一丈红，一丈之高，开红花，一种说不出的亲切和形象。还有一种称呼：大麦熟。六月里，麦子成熟，正值芒种时节，蜀葵花开了，乡人们开始忙农活儿了。智慧的农民将蜀葵的花期作为麦收的吉日，谁说乡下的植物只是点缀庭院的？

我南园种有一株蜀葵，也许因为是独枝，长得尤其粗壮，旁侧还生了许多分枝，分枝旁逸斜出，粗枝大叶的样子，即使被种在城市的高楼里，也生生长出一片乡野之气。花朵粉色，自开花以后，便在枝干上一朵接一朵往上开，排队说好似的。唐朝边塞诗人岑参有一首七言歌行《蜀葵花歌》，很有意思。

昨日一花开，今日一花开。

今日花正好，昨日花已老。

正是蜀葵开花的写照。

侧枝也开出许多花，可能因为长得纤细，不像主枝那样挺直，搭靠在一旁的金银花木架上，看起来孱弱无力，开花却不落后。

等花朵一直开到枝梢顶端，底下便开始贴着枝干结果，扁扁圆圆的蒴果，初时浅绿色，渐渐变成黑色，这时便可以采摘下来，留作第二年播种。

但我每次撒下种子，每次不见发芽出土，某天读到心岱在她的《闲花贴》里写到蜀葵，才恍然明白，蜀葵的种子要在秋天播才能出芽，而我每年都在春天播下，怪不得从来没有见它们出苗，无知真令人汗颜。

岑参《蜀葵花歌》的后半首，立马从妙趣横生转折到了发人沉思。

始知人老不如花，可惜落花君莫扫。

人生不得长少年，莫惜床头沽酒钱。

请君有钱向酒家，君不见，蜀葵花。

他说，人不可能永远是少年。我们身为人，其实跟花是一样的，有时候比落花还容易老去。所以啊，想喝酒，就去喝吧！别舍不得这点酒钱，没看见蜀葵花正一朵一朵在凋零吗？

蜀
葵

夏至

香风轻度茉莉开

这个夏天茉莉已经第三次开了。

茉莉开过一批，花谢后要把枝头残花剪了，将顶部长出的嫩梢修掉，放在室外阳光强烈处，记得及时浇水，加一两次肥，一个月左右，第二批便又会热热闹闹开出来。

剪掉残花和嫩梢是为了减少养分供给，使盆土营养集中用在下一批开花上。月季、扶桑、木槿、矮牵牛等，也都一样，很多人不知道这个窍门，经我一提，恍然明白——难怪你家的花开得这般持续灿烂。

关于茉莉，有一首诗我很喜欢。

不管是黄昏

还是初露曙色

茉莉花

总是白的

简洁、直白，写出了茉莉的真风骨。

一位写植物成精的湖南女子曹萍波在她《万物赠我浓情蜜意》一书里，写舅姥爷家的茉莉："茉莉的妙处是枝叶轻盈，气味甜美，稍有一丝风来，就曼妙柔软香远益清。"

在我记忆中，茉莉却没有这么美好。

那是我十二岁时的往事，之所以记忆深刻，是因为在那片茉莉园里挣到了人生第一笔打工的钱。虽然只有五块，对当时口袋里最多不超过五毛零钱的我来说，绝对是一笔巨款。

我一向不喜欢干农活儿，可小伙伴跟我说，有钱赚，还有汽水喝。其实是冲着那一瓶汽水，跟着小伙伴就去了。

那是一个农场，茉莉花开得雪白雪白，一望无际，可我哪有心情欣赏，领了一只小竹篓背上，头上搭块擦汗毛巾，低头就开始干活儿——在这片茉莉园里，采摘枝头未开的花苞，最后老板按重量给我们工钱。

虽然也是农村孩子，可是我在干农活儿这件事上天生娇气，怎么也比不过一起的小伙伴。眼见着身边的小伙伴快速移过去，一下把我甩得远远的，很快摘完了这一垄，换到那一垄，满满的竹篓倒空好几次，而我的竹篓还是浅浅的，阳光刺得我睁不开眼，大滴的汗落在白白的茉莉花上……

那年暑假的打工经历，促使我发誓，一定要好好读书，这辈子再不过这么辛苦的生活。

可是谁能想到呢，人生兜兜转转，竟在四十岁以后又返身与植物和泥土打起了交道。

茉莉是在这几年开始种的。一开始种花，眼光都钟情在色彩艳丽上，渐渐地，看腻了浓艳，便开始挑些清秀的种。白兰、含笑、络石，这些颜色淡雅还能幽幽飘香的小花，虽然开的时候并不怎么夺人眼球，但看久了，你会越来越喜欢。那份淡淡的清新风，会让你的心安静。

就像这盆茉莉，即便开满枝头，也是清清丽丽。"谁家浴罢临妆女，爱把闲花插满头。"宋朝杨巽斋的《茉莉》里这句诗，我以为，写尽了茉莉素净、淡雅的风味。

想起一位茉莉一样的女子：民国时期的林徽因。

当年诗人泰戈尔访华，请林徽因朗诵他的《最初的茉莉》一诗。林一袭白衣，仙气逼人，一旁作翻译的徐志摩长袍白面，才华横溢。那些日子里，两人与诗翁携臂同行，成为民国一段佳话。

那夜，徐志摩敲开林徽因家的门，对着眼前心爱的人，只说一句"把你的手伸出来"，把一捧藏在长袍前袖里的茉莉花，撒到林徽因手心后转身就走。

诗翁泰戈尔说林徽因像洁白的茉莉般清纯美好。茉

四时花开

莉般的女子林徽因应该是徐志摩的最爱，可是后来林把茉莉花泡在一个半透明的玛瑙色圆钵中，置于书案上，在为茉莉花换了最后一次水后，便与未婚夫梁思成一起去了美国。

那一捧茉莉，终究成了徐志摩心中永远的念想。

也许聪明如林徽因，心里最清楚不过，爱情是玫瑰，生活却像茉莉，只有平淡的，才能长久不惊。林喜欢清风明月般的波澜不惊，而诗人注定动荡、激情，无法给她安定。

茉
莉

小暑

从一朵荷到一蓬莲的故事

春天，我从花木节上买了一节藕，种在莲花缸里。初夏，它长出满满一盆青叶。又是夏日的某天清晨，发现这盆青叶间有尖尖荷苞探出来。

第二天早上，荷苞羞答答地，微微张开了粉色花瓣。

中午，又打开了一片花瓣。

及至下午，打开了所有花瓣。

两天后，粉色花瓣纷纷掉落，露出一个嫩黄色带着流苏的莲蓬头。

又是两天后，流苏也纷纷凋落，只剩一个孤零的莲蓬，莲蓬日渐饱满，新的生命已然孕育。

亲见一朵鲜美的荷花如何在我眼前变成一个成熟的莲蓬，我是多么幸运呀，参与它的故事。

大暑

种一片太阳花

白居易《消暑》一诗云："何以消烦暑，端坐一院中。眼前无长物，窗下有清风。"

古时无空调房可避热，大暑天只有端坐院中，吹吹窗下清风。那窗下清风，也不见得有多少凉意，其意说的是心静自然凉。

久蛰空调冷气屋里，偶尔也会出来透个气，坐在前园后园间的小客厅里，看外面耀眼的阳光下那些打蔫了的花儿，牵牛、茑萝、扶桑、绣球、蓝雪花，曾经的激滟，如今因闷热焦渴，一度收敛了芳华。

而似乎只有那几盆太阳花饱餐着炽烈的阳光，依然精神抖擞，一副晒不蔫的挺拔怒放。

都是春天自己从土里长出来的苗，我没有撒籽，是去年开过的，子房爆裂后里面的籽便落在了泥土里，自播自长。太阳花的籽很小，小得得拿上一张白纸，收集时才不至于粘在手指上而被遗漏。将收得的籽分给远近

莲
蓬

各地才开始学着种花的朋友，跟他们说，先试着种种太阳花吧，既好养，又好看。

也有些太阳花不结籽。我从云南西双版纳带来的太阳花就不结籽，远方的许多朋友看到它开得这么好看，都问能不能寄些籽去。很遗憾，这么美的太阳花，我只能分享给身边的朋友，折根枝条就能爆出一大盆。得到的朋友看到它开花，欢喜得不得了，说，真好看，小牡丹一样。

太阳花另有"松叶牡丹"之称。

小时候，农家院子里，一到夏天，除了凤仙、藿香、鸡冠花，便是一种乡人叫作"午饭花"的太阳花，装点朴素的院子。记得那时都是单瓣的，红色和黄色最多，薄薄的花瓣在风吹拂下，颤颤摇晃，风过了，又恢复那碗口花形，在白花花的太阳下，倔强而坚挺地开着，给没有多少色彩的童年留下难忘的斑斓记忆。

近年路边多的是重瓣太阳花，大红的、橘黄的，各种颜色，繁复地盛开在花坛里，极是绚烂夺目。今年种了好几株太阳花，白的、粉的、黄的、朱红、紫红，单瓣的和重瓣的都有，每当进入夏天，太阳花枝条活泛起来时，我就开始一盆盆扦插，扶栏间搁几盆，墙面上挂几盆，然后，就等它们在炽烈的阳光下爆盆。

以前喜欢重瓣的太阳花，层层叠叠像一朵花的样子，近年却突然喜欢单瓣的，朴素、简洁，薄绵的花瓣被风吹摆的那份纤弱，尤其有风味。

大概是因为到了一定的年岁，以前喜欢热闹、繁华的事物，突然进入某个阶段后，会爱上简单素朴的东西。一根枯枝、一蓬干草、一块老旧的蓝印花布，都是近几年极爱的，生命的状态，也是越简越舒服。

小时上学有一篇课文《种一片太阳花》，作者从乡间到城市的四合院居住，抬眼四周都是单调的砖瓦色，此情此景让作者生出对色彩的强烈渴望，于是想到种花。

"种什么呢？我和同事们面对一方泥土，七嘴八舌地讨论起来，认定不能太娇，也不能太雅，太娇太雅都不是我们能服侍得了的。最后，都想到了太阳花。"

太阳花为肉质草花，因茎和叶肥厚，里面储存了许多水分，这就注定太阳花即使在最暴烈的阳光下依然可以自给自足，而不像牵牛，太阳光稍稍强烈些，它便萎蔫了。所以太阳花还有一个俗称，叫"死不了"。

每个夏天我都要种一大片太阳花在园子里，喜欢看它们灿烂绽放的姿态、色彩缤纷的绚丽。有时阳光猛烈到所有花都萎蔫耷拉，只有太阳花，依旧娇挺鲜活地开着，虽然普通，却也令人敬畏。

秋

狂野的牵牛

• 立秋

每次给园子里的花清理杂草时，总会发现牵牛纤弱的小苗出现在别人家地盘里。有时它还只是寸把长，有时已经高高攀爬到主角的茎干，紧紧纠缠着不放。

每每这个时候，我便会做一次刽子手，狠下心，把它拔了。

虽然在一个种花人眼里，每一株都值得呵护，可有时候实在看不下去——如果任它们恣意生长，这个世界就会乱套。它们的生命力也太顽强了，经常会喧宾夺主，把好好的一盆薰衣草、蓝雪梅搅得杂乱无章，关键是，还要争夺盆里有限的养分。

作为统管这个植物大家庭的女主人，我得统筹兼顾，舍小而顾大，忍痛割爱也是无奈之举。

像二月兰一样，牵牛也有极强的自发能力。只要有一年在这块地盘种过，之后的几年，每年时节一到，它们便会"噌噌噌"，从这块地盘的角角落落冒出来，我只须等它们长到稍挺拔一些，然后集体迁移至一个盆，便可坐等它们开花。而对多余的苗，便只能拔个干净。

我给这些最擅长爬藤的牵牛专门安了一大块地盘，高且整齐的木网格架子，够它们伸展胳臂，一路高歌。

五月，从牵牛开出第一朵花开始，园子里就开始热闹了。它会不停地开，一直往上开，只是你若迟点去看，就看不到它昂首娇挺的姿态。又名"朝颜"的牵牛跟太阳花不一样，太阳一出来，它便歇息了，原本打开的喇叭形花瓣耷蔫着往里缩，再要看，只能等第二天清晨。

相比花，牵牛的藤有更强的韧性。主人稍稍疏忽，忘了及时给它搭架子，它就急了，到处找靠山，逮着哪个是哪个。一旦有了靠山，它就紧紧揪住，不放手，扭着S形的看上去极柔软的藤蔓，其韧性和死缠不放的本事不比一般。

因为这样死皮赖脸的脾性，所以牵牛长得比谁都旺盛，给它多大的架子，它便能开出多大的风景，还经常伸到自己的地盘之外。有一次看到一根牵牛的藤蔓跟隔壁的络石藤交缠在了一起，我爬到凳子上，扯了好长时间，才把它们两根藤分开。有时候周围实在没有可勾搭的藤，牵牛便会回过头来，把自己的藤紧紧缠住。我经常在花盆里看到麻花一样绞在一起的牵牛藤，大概也是周围实在寻不到另一半，它便只好自己跟自己相爱。

　　有一次在一篇文章里读到，植物是有感觉的，有些植物，譬如藤本植物，一旦接触到篱笆之类的物体，就会马上开始快速生长，好让自己攀附于这些物体之上。

　　这便明白牵牛的狂野，原来是生命潜在的本能。无论人还是植物，在这个世界上，都在寻找一个支撑点，从外在的物质追求到内在的寻找梦想，从生活中种花、摄影、旅行这些小爱好，到写作、播撒爱、追求人类和平这些大格局，无一不是使一个人义无反顾往前走的支点。

　　如若没了这些推力，相信生命不仅会失去往前的原动力，更没有努力攀爬之后的精彩绽放了吧。

处暑

羽叶茑萝

花友送了我几颗五角星花籽。

自种花，认识了许多同道中人，得他们之爱，经常收到小苗和花籽。

这些花友，对花草都有不一般的深情。他们快乐地种花，像称呼自己孩子小名一样，称呼他们手里种出来的花。比如黄花酢浆草叫黄麻子，三角梅叫小三，铁线莲叫小铁……

这个五角星花，想来又是花友圈里的昵称。

二三月与牵牛一起播，跟牵牛一样出苗率很高，跟牵牛一样藤蔓的攀岩劲头很足，只是茎和叶更柔嫩，叶子长得像羽毛一样纤细、翠绿，密密层层的，像一层网。

其实它的学名叫茑萝，很诗意的一个名字，我也是后来才得知。《诗经》里说："茑与女萝，施于松柏。未见君子，忧心奕奕。"桑上寄生菟丝子，松柏树上相攀缘，没有见到君子时，满怀郁闷愁难散。说的是兄弟间相依相附的情谊。茑即桑寄生，女萝即菟丝子，因茑萝的形态跟这两种植物很像，故而合二名之。

　　茑萝的花小巧可爱，花柄细长，花形极像解放军帽子上的五角星，所以花友们叫它"五角星花"，实在是太形象了。它也是清晨开花，不过要在太阳落山后，花瓣才向里卷起，萎蔫成苞状。开的时候，在一片纤细翠绿的羽状复叶间，一朵朵红色的小花星星点点，极艳丽夺目，这番红绿相衬，也是别有一种风味。

　　茑萝需要篱笆架，长成一架绿屏风，或者从石头垒叠的围墙上铺垂下来，有一种清丽细致的小家碧玉风度。自从种了茑萝，看见过它花和叶的美丽，便年年要种一篱笆墙。跟牵牛一样，它也是每年自发出苗，我只须把散落的小苗迁到一个盆里。它有极强的攀岩能力（比牵牛有过之而无不及），藤蔓柔柔弱弱却也坚韧不屈地把篱笆墙爬成一面绿屏风，很招人喜爱。

　　沈复《浮生六记》里有写到茑萝，当初我读时还不知其为何种花草。"石上植茑萝，俗呼云松。经营数日乃成。至深秋，茑萝蔓延满山，如藤萝之悬石壁，花开正红色。白萍亦透水大放。红白相间，神游其中，如登蓬岛。"

　　闲情雅趣如沈复，爱花成癖，尤喜修剪盆景，嫁接花木堆砌山石，扫墓时捡了些有花纹的石头，在妻芸娘建议下，自做假山盆景，还在山石上栽种茑萝。深秋时节，茑萝爬满山岗，悬挂在石壁上，开的红花鲜艳夺目，

茑
萝

与下面的白色浮萍相映衬，令夫妇二人如同遨游蓬莱仙岛。世间有趣者当如沈复夫妇也！

茑萝与牵牛同为旋花科藤本花卉，花期也几与牵牛同时，从春天兴兴头头一直能开到深秋，一批接一批，不间断。虽同为一宗，也一样的寻常普通，但我一直认为相比牵牛的野性不羁，茑萝更温婉秀丽，就好像同是大观园里宝玉房内的丫鬟，牵牛是率性张扬的晴雯，而茑萝便是温婉平和的袭人。

白兰花开

白露

　　白兰花开时从来都是悄无声息的，不像那株三角梅，从枝头幽微的水红，一点点染成大红，直到开成火红的一片，极尽热闹张扬，显出一片红艳流风。

　　不经意走进园子，倏忽间闻到一股幽香扑鼻而来，才惊喜发现，丰厚碧青的叶丛里，隐约而见皎洁的白兰开了数朵。

　　读湖南女子曹萍波的《万物赠我浓情蜜意》一书，作者如此形容在某天夜间和朋友散步时遇到的白兰的香："当时它正值花季，开满了硕大得惊人的花，香气浓烈得像一柄剑，唰唰唰地劈开夜空。"或许湖南湘地的白兰像湘妹子的性格，花大，香浓，而江南之地的白兰，就要秀气多了。

　　在昆明，白兰花又被叫作缅桂花。汪曾祺在《人间草木》里也写这种自缅甸传入的花："缅桂盛开的时候，房东（是一个五十多岁的寡妇）和她的一个养女，搭了梯子上去摘，每天要摘下来好些，拿到花市上去卖。她大概是怕房客们乱摘她的花，时常给各家送去一些。有时送来一个七寸盘子，里面摆得满满的缅桂花！带着雨珠的缅桂花使我的心软软的，不是怀人，不是思乡。"

竟读得我也心软软的。

我的园子也种有一株白兰，未开或半开时，仿佛一支白色小蜡烛，莹润、光洁，但当舒展盛开时，又好像一个打开的莲花底座，清纯脱俗，充满禅意。

最爱的是那香，不浓烈，若有若无，却一直在那里，只要走近这棵与我齐高的白兰树，浑身就被香风缠绕。经常会情不自禁凑近那花，闭上眼睛深深地、深深地大吸一口气，仿佛要把它的香全吞进自己的身体里。

白兰属香花植物，其他香花如桂花、茉莉、含笑、瑞香等。我园子里也有茉莉、瑞香，还有紫藤、金银花这些一到时节就香气四溢的花，我说不出最爱哪一个，但喜欢白兰徐徐缓缓，总是不停地开的那份执着。茉莉只在夏天开得最盛，紫藤和金银花是春天的风，瑞香冬天开上半个月便偃旗息鼓，白兰就不那么清傲，白露以后，天气忽而转凉，冷不丁冬衣都要被翻出来穿的节奏，可园子里的白兰依然沁香凝远地满树开着。

从春天开始，白兰旖旖旎旎地，一直要开到秋冬交接时才渐渐落幕。

每次白兰花开时，便想起儿时放学的校门口，古老

缅

桂

的街巷里，听到的一串串低哑的叫卖声。那个穿对襟布衣的白发老奶奶，手挎竹篮，竹篮里轻轻巧巧装着穿成并蒂的白兰花，篮口是用一块花布盖着的。每次放学，看到这位老奶奶和那一竹篮的白兰花，我和小伙伴便跑上去，拿出自己的零花钱买上一串，别在胸前，或者挂在脖子上，然后欢快地，带着满身的幽香回家。

这样的记忆尘封多久了？

似乎已记不清。

幸好人到中年种了白兰树，这些温暖的记忆倏而被唤醒，也庆幸这几年突然爱上种花，可以矫情地对人说一句：我是一个植物女子。

是的，做一个植物女子，真好。每天坐拥花草，即便尘世兵荒马乱，纷杂一片，她的世界依旧一片清明。

身外烟火飞扬，内心寂然如水。

好似白兰花，绿叶婆娑间，总是开得恬静清淡，与世无争。

想起雪小禅写过的一段话："植物女子是清净禅，是明心见性，她有她自己的风、自己的骨，自己的微光与散淡，却又饱满似银，活得又铮铮，底色清亮自然。"

这风骨，说的，可不就是这白兰花？

秋分

彼岸花破土而开

　　九月的一天，在寿桃树下面，突然毫无征兆地开出两株奇异的花。

　　说它奇异，不见一片叶子，只有一根孤零零笔挺的绿色花箭，头顶生出一朵红花。这红花，花瓣纤细，一根根（不是一瓣瓣哦）极有型地，往外向上弯卷成烟花似的姿态，泼辣绚烂之风骨，让我惊诧——从未在寿桃树下播过什么奇异花种，如何从土里冒出来？再看，这花好似见过，某次去远方的路上，车行过的山脚边，一大片这样的红花，如残阳一般绚烂得触目惊心。

　　是彼岸花，我想起来了。它学名红花石蒜，秋分前后开，开花时不见叶，花谢后才出叶，花和叶，仿佛前世有怨，总是错过而不得见，因而有"彼岸花，开彼岸，只见花，不见叶，生生相错"的说法。佛经里称它为曼珠沙华，说它是黄泉接引之花，日本人更把它叫作死人花，当作一种不吉利的花。

　　彼岸花多长于湿地山坡、小溪沟边，总是令人意想不到的时候开花，好像没有前奏的交响曲，所以又有"平地一声雷""忽地笑"的别称。《花镜》里这样描述此花："深秋独茎直上，末分数枝，一簇五朵，正红色，光焰如金灯。"在唐朝又叫金灯花。而"彼岸花"一名来自日本，因在秋分前后开，正值日本祭奠逝者的秋彼岸节，因而便有了这一名字。日本民俗学家柳田国男有文章写道："曼珠沙华也有种种名字，因为在彼岸（案即春秋分前后各三日，共七日称彼岸）时分开花，故称为彼岸花。"

去年九月，送女儿去新的大学入学报到，在丛林幽静、建筑奇美的美院校园里的河岸边，看到一片开得繁盛的彼岸花，令人目眩的红色、简洁孤傲的风姿，吸引许多送孩子的家长驻足观赏。美院的校园，像一个秀丽的风景区，除在校学生自由进出，常年对外人开放，因而每个时节都有人慕名到校园里赏景拍照。第一次走进这个闻名全国的校园，除了对里面独特的建筑设计叹为观止，那一片开在河边的彼岸花，也让我刻骨铭心般念念不忘。

彼岸花开谢后，绿色的茎干慢慢颓败，枯萎，然后销声匿迹，直到第二年秋天，花茎又意外地破土而出。而这一次，花茎不止两箭，五六根细长花箭从寿桃树底下春笋出土般冒出来，华丽丽开了十来朵红花，极是壮观。

读江川澜《夏目漱石的百合》一书，书里引用医生兼文学家斋藤茂吉所说的关于彼岸花的描述："冬天郁郁葱葱的叶子在开春时消失，到秋天又无视常规地直接开出那大红的花来，对我来说这正是曼珠沙华的可爱之处。没有扭捏作态，未得要领之前就露出了强烈的本色。"

觉得这是对彼岸花最好的赞美了。

王菲有一首《彼岸花》，前奏迷离而冗长，仿佛把听的人带入一个诡异幻灭的世界。而林夕作的词，洁净、深远，配上王菲幽缓空旷的天籁之音，听了，是让人灵魂出离的。

看见的，熄灭了

消失的，记住了

我站在海角天涯

听见，土壤萌芽

等待，昙花再开

把芬芳，留给年华

彼岸花

寒露 · 老屋门前的鸡冠花

有一次一位朋友来我家，看到园子里还种了一盆鸡冠花，十分惊讶。

"哇！你连鸡冠花也种啊！"

我懂她为何如此惊讶——这么土的花，你也种？

其实，在一个种花人眼里，花草是没有贵贱之分的。作为七十年代出生于农村的人，鸡冠花于我，已经不仅仅是一种普通的花，那是童年时期记忆深处抹不掉的旧事，延伸开去，便是对养我育我的故乡的深情追溯，对鸡冠花，有一份故乡亲人般的亲切。

三四十年前的农村小院，老屋门前，南瓜架下，墙旮旯里，每年都会开出红艳艳的鸡冠花，给那年代单调沉闷的童年留了许多斑斓多彩的记忆。它们每年自发长出，也无人关注，父辈们更关心的是地里南瓜结了几个、茄子摘后几天可以再接上、毛豆可以采摘去市场卖了，至于这些点缀院门的小花小草，向来让它们自生自灭。有时如果它们碍了庄稼生长，父亲便会毫不犹豫地将它们拔除，但有时也会在给庄稼浇水时，看它们开得那么好看，顺带泼几盆水给它们。

在农村，鸡冠花就是这么卑微的存在。即便如此卑微，它们浓烈的色彩和极有型的花冠，还是给童年时心思纤细的我留下了美好的记忆。所以，现在每次去乡村游历，经过那一幢幢阔绰明亮的农家小楼，偶尔瞥见一株株长得硕大蓬勃的鸡冠花明亮而浓艳地开在围墙下面，便会有一种如遇故知般的温暖。

故而有一天发现自己园子里长出几棵小小的鸡冠花苗，惊讶之余想到的便是，得好好安顿它们——把这些散落的小苗一一移栽到盆里，考虑到鸡冠花的粗放、顽韧，特意挑了一个大盆。

那是秋分过后，寒露即将到来的时候，阳光褪去了灼人的暑热，一片秋高气爽的和煦，我坐在园子里看书。是一本小说，情节跌宕，人物感人，看得我荡气回肠，抬头透气的一瞬间，看见木栅栏下那株种在红色釉彩盆里的鸡冠花身姿拔挺，硕大的花朵在绿叶婆娑间像一把打开的折扇，在秋天的阳光下，端的是明亮娇艳。

从来没有发现鸡冠花竟也如此迷人。

古人对鸡冠花多有盛赞，为它留下许多美妙的诗句。

"秋光及物眼犹迷，着叶婆娑拟碧鸡。"

"一枝浓艳对秋光，露滴风摇倚砌旁。晓景乍看何处似？谢家新染紫罗裳。"

在古代诗人眼里，鸡冠花绝不仅是农地里随意生长的卑贱之花，还是秋天一道亮丽的风景，诗人罗邺甚至把鸡冠花比作盛唐著名舞女阿蛮。

其实每一种花都不分贵贱，都是生命的绽放。有时候，在我眼里，恰是这些朴素的、不矜不娇的花草更让我感叹，每一种生命的绽放，都是如此美丽和迷人。

鸡冠花

霜降

菊开东篱下

时节到了霜降，便走到了秋的末尾。园子里的花，大多已归沉寂，纷纷收敛了它们夏天的那张扬劲头。

曾经繁盛得无以复加的三角梅，枝头只剩零星几朵，不久也将全部凋落，剩一蓬清一色的绿叶，而这绿叶，也将随秋的深入、冬的到来渐渐落光。曾经热闹非凡的太阳花，也收了那怒放的猛劲儿，开始从它们的舞台退场。不过，我相信，这是三角梅和太阳花的智慧，环境不利时便收敛，不再用力，不再张扬，是为了藏起能量。它们相信，冬天来了，春天还会远吗？

可是，也有专门在秋天和冬天开的花，菊花便在这个时候开了。

这几盆菊花，说起来还有故事，并非花市买来的，而是去年从菊展上抢来的。

那几年，种花像着了魔一样，什么都想要，要是听说哪里有白拿白捡的，不管路多远，不管再忙，必定会抽时间兴冲冲赶去。

那天便在花友群里看到消息，江寺公园菊展当天结束，工人们正在清理百来盆菊花，一半的市民已经蜂拥到公园里，展后被清场的菊花已剩不多……

约了个同伴开车前往。虽然被清场的菊花只剩不多，我们还是捡到了宝，把后备厢塞得满满的。

第二年，这几盆菊花，就在我的园子里，施施然地开了。

在我这个随性之人的随性打理下，它们自然没有菊展上那样开得规整、精巧，它们随意而散漫地开，恰是我喜欢的样子。

那一阵子，我经常坐在露台上，看这些盛开的菊花。每一种颜色、气质都不同，紫色是典雅，黄色是明丽，橘红色是奔放。每一盆都长得洒脱、恣意，花朵懒懒垂挂在伸出盆外的枝藤上，清秀得就像《诗经》里穿布衣裙钗的村妇；长到兴头时更是不顾矜持，一枝枝探到水泥栏杆外去，硕大的花球齐齐往下坠。有时下班回来，会在楼下不自禁地抬头，看到这些不拘不束的菊花俏皮地迎接我，心情立马轻松雀跃起来。

于是对曹萍波写菊花的文字有了深深的共鸣：

"它像一个以清绝之姿，藏身于市井巷陌的才女，不外露也不峥嵘，有一种需要隔了岁月去看的沉敛温和之美，那种美，是李清照式的，是董小宛般的，是哪怕过着波澜诡谲的日子，也不失大隐隐于市的温柔，仿佛专门为了涤清世间的秽气而来。"

　　菊花不是每个年龄都能够欣赏的。年轻时大抵喜欢那些开得热热烈烈的花，如扶桑、月季、三角梅，如果说哪天突然喜欢看菊花了，人生便进入了另一种境界。这就又像曹萍波说的"那种洗净铅华的好，庄重又高雅，是须得到了一定年纪半通了生死，才能够觉知的好"。

　　近几年特别喜欢种菊花，不是模仿古人，恰是心境使然。而看菊，更喜"秋丛绕舍似陶家，遍绕篱边日渐斜"这样的野趣。菊花在古人眼里，向来是野性而率真的。

　　"花开不并百花丛，独立疏篱趣未穷。"一枝或一丛，闲闲散散，长在疏落的篱笆下。

　　"已晚相逢半山碧，便忙也折一枝黄。"山间野地的菊，开得更是无拘无束，悠闲自得，怪不得半山邂逅的人忍不住要去折一枝来。

　　所以，现在把菊花当作公园装饰品，拗成各种精致高雅造型，真是把菊花糟蹋了。

菊
花

立冬

老墙头里的

一串红

　　单位曾位于老城区一个旧弄堂里，逼仄的弄堂里，是低矮窄旧的六七十年代老房子。弄堂虽老旧狭窄，墙角下却常年开着灿烂的花和一季一季的绿色菜蔬。

　　办公室窗口紧靠这条窄弄堂，窗外四季景色，时常打动窗里的人。窗外随季节不停轮换的花草，使这个老旧垂暮的小弄堂充满生机。种这些花的人，是一位六十多岁的退休阿姨，面容丰腴、素净，每天哼着越剧调子，给墙角下的花和蔬菜浇水、拔草，脸上总是带着亲和的笑。

　　阿姨在一面墙下，用水泥矮墙围出一小块长方形地，清明时节有葱郁的马兰头，夏天凌空搭出一个架子，挂满丝瓜、葫芦、黄瓜、南瓜，秋天也有长长的茄子从地里一批批长出来。另一面墙，用泡沫箱和塑料盆种着月季、绣球、天竺葵这些大红大艳的花。而最吸引我的是入秋时倚着老墙开得红红火火的一串红，花并不十分美，但因为色彩艳丽，开时又是一大片，与斑驳灰旧的墙相映衬，风味便不一样了。

每天，看见这位阿姨早晚拎一把壶，哼着曲给花和蔬菜们浇水。因为同样喜欢花，便会和她隔着不锈钢窗栏聊这些花，还经常隔着窗棂间的空档互送花苗。她送我一串红苗时是这样说的："拿去种，可以开一个秋天和冬天。"

阿姨偶尔也会说起她的儿女来看望她时便会从藤架下摘几个黄瓜、葫芦，墙头割几把马兰头，让儿女带回家去；却从没见到过她的老头子，想来他可能已经不在，也不便询问。

虽然从未见过，我猜她老头儿一定很疼爱她，他们拿着退休金，成家的儿女无须操心，自己便在这老墙头下，种些花草果蔬，颐养天年。

有一次，我终于见到阿姨带着她的老头子出现在弄堂里。那老头儿，看上去至少比她大十岁，虚弱、佝偻，双手扶着一把钢椅。他把钢椅用力往前挪一步，双脚便吃力地跟着往前跨一步。阿姨在旁边紧紧挽住他的胳膊，当老头儿很吃力地把腿往前迈出一步时，阿姨便用力抓着他的胳膊推上一把，一边还鼓励他："很好！走——再来一步——"

阿姨是极有耐心的，不烦不躁，搀扶着神情淡漠、行动极其缓慢的老头子，一步一步，真的是一步一步往前挪动。这条弄堂不长，但他们走了近半个小时，然后折返，两人继续搀扶着，一步步往前挪。

阿姨说，自从老头子中风瘫痪以后，这样的日子已经十年，现在算是好很多啦，能够这样出来走动，早几年，他都是在床上过日子的。

阿姨说这话时，口气平淡，像是在说别人的事，而我却听得感慨、惊心。

十年，和一个瘫痪的老头儿过日子，却还会每天这样，在这破旧的老院子里，辟出一块地，哼着小曲，打理这些花草。

我把阿姨送的一串红小苗种在园子西南角，果然像她说的，能开一个秋天和冬天。

角堇的春天

• 小雪

第一次，冬天在马路边花坛里见到它，就被深深勾引——好清新雅致的小花！

后来我知道了它的名字——角堇，便更加喜欢了！

"堇，堇草也。根如荠，叶如细柳，蒸食之甘。"《说文》里如此解释。更有堇年，喻美好的一年之说。角堇，是堇菜科的一种，开的花小巧、清秀。

"角堇与三色堇花形相同，但花径较小，花朵繁密。角堇浅色多，中间无深色圆点，只有猫胡须一样的黑色直线。三色堇花形偏圆点，角堇偏长点。两者都是堇菜科。"（来自网络）

很多人分不清角堇和三色堇，粗看以为两者是同一种，通通叫它们"猫脸花"。前几年路边绿化带里三色堇较多见，冬天寒风冷凛的上班路上、人行道的花坛里，低低开着一大片可爱的"猫脸花"，近几年角堇也多了起来。相比三色堇的粗放，同样低低长于花坛里的角堇便清秀灵气多了。

有一次，骑着公共自行车遇见几位园林工人蹲在隧道口的花坛里种角堇，百来盆角堇散落零乱地摆在泥地上，而我，下意识地停下了骑着的自行车，一只脚踩在花坛边水泥栏上，就凑上去搭讪。

"嘿，大叔，能不能给我两盆啊？"

佝偻着背匍匐在地里的某大叔，抬起头，用很稀奇的眼神看我，马上又直起身，拎起脚下两盆角堇，递给我。

"拿去吧，有啥好看的！"说是这么说，又拎了两盆给我。

"谢谢啊！"很开心地把这四盆角堇放到前头车栏里。

想着大叔狐疑并带不屑的眼神，潜台词是，你们城里人，真有趣。

城里人把角堇带回家，很认真地把它们集体种在一个好看的圆形花盆里。那是过了立冬以后，小雪还没到的时候，正是角堇最好的花季。

这四盆角堇，在我这个城里人浓浓的喜爱下，开了整整一个冬天。

可不要看角堇开得柔柔弱弱、绵薄无力的样子，其实它的耐寒性极强。有一次大雪铺了整个园子，连黄麻子都被冻得蔫蔫不堪，角堇的小花却依然在白雪堆里探出可爱的头，把我感动到敬佩。

对于冬天里的花，如海棠、瑞香、蜡梅，我都抱有一份钦佩。寒冬里，人且觉得无法过日子，整天躲在暖室里，更没有精神做事，这些植物不但没被打倒（冻坏），还灿灿烂烂地开花，有时候面对它们，真会感动到汗颜。

也许这本来就是它们的禀性。它们说，我们天生就喜欢寒冷，越是寒冷，越能灿烂。就像有种人，天生斗志顽强，越是困难当前，战斗力便越强，如果哪天没有了挑战，人生便觉平庸乏味。

的确，自从与植物打交道，我便深深觉得，人的世界跟植物的世界没有差别。我在植物身上看到的，细想，现实生活中一样有。就说不同的花吧，它们都有不同的生长期、开花季，我了解它，便能接受它，甚至深深喜欢它与众植物不同的个性。

就像你所遇到的人，他们每一个都是独一无二的。他沉稳，她热情，他粗线条，她心思细腻，如果你无法选择，必要在现实生活中与他们打交道，那么你会因了解而接受他，因接受而渐渐欣赏他。

这是一件多好的事。你眼里没了沙子，内心少了怨愤、责难，世界便变得通透、明朗。

角堇让我悟到这个人生大道理，真要感谢它。

所以，每年冬天再也不能少一盆角堇。甚至一盆不

233

四时花开

角
菫

够，两盆、三盆，挂在栏杆上，搁在花架上，总之，冬天里，我除了欣赏一串红火一样的热情，也欣赏角堇清雅秀气的美丽。

石竹花开照庭石

大雪

除了角堇，我还种有一盆石竹。

唐朝有位诗人写石竹："谁怜芳最久，春露到秋风。"

的确，和角堇一样，石竹也是能透透迤迤开到冬天的花。和角堇一样，石竹也早已成为城市花坛里冬季的主角花。

枝叶如苔的石竹，通常着地匍匐而生，它的茎和叶，有别于其他花草。纤细的茎像竹子似的一节一节地长，叶子像草叶一样细长，但我看，更像迷你的竹叶，大概这就是石竹名字的来历吧。

再仔细看石竹的花，也是开得奇巧别致。花瓣带着褶皱，外面一圈细密锯齿边，所有的花都从花茎顶端朝天开出，好像顶着一个小齿轮。

石竹的花不似角堇那般素淡，它的花颜色极艳，似火一样。

"石竹花开照庭石，红藓自禀离宫色。一枝两枝初笑风，猩猩血泼低低丛。"唐朝齐己的诗，很形象地写出了它的艳丽。

"春归幽谷始成丛，地面芬敷浅浅红。车马不临谁见赏，可怜亦解度春风。"宋代王安石却写出对它不为人赏识的怜惜。尽管石竹色彩艳丽，却长得低矮丛生，大凡赏花人，都喜欢高挺硕大的花，所以有的时候石竹的确容易被人忽视。

小城冬天难得下雪，今冬却来了一场惊喜。

当雪纷纷漫天飘下，整个大地便被铺得一层白白净净，我的园子也被雪落得一片素净。但园子里除了角堇不畏这场冰雪，石竹也倔强坚挺，在雪堆里，露出一点点殷红的小花，实在是令我敬佩。

都说石竹耐寒不耐热，秋冬开得好，到了夏天便会生长不良甚至枯萎。奇怪，我园子里的这盆石竹，夏天也开得很繁盛，满盆的红色齿轮小花，总在那里不停地开。就这一点，石竹比角堇要顽强，一到夏天，秀丽的一盆角堇便枯萎成一个空盆，很让种花人惋惜。

大概石竹更有草的风骨。其实花性强劲的石竹原来就生在草原和山坡的草地里，所以自有草的韧劲儿。

石竹还有一个很贵气的名字——洛阳花。

不知道"花王"牡丹知道了会怎么想。

石
竹

风情天竺葵

冬至

　　冬至后的第三天，约了两个女子去丽江。

　　走的时候，园子的几盆天竺葵开得正艳。

　　虽已近深冬，寒冷一日渐似一日锋利，但对天竺葵，似乎起不到一点摧残之力。就像时光对于"不老女神"赵雅芝，明明过去了二十年光阴，她还是像当年那样光彩靓丽。季节对于天竺葵，也仿佛一阵轻轻拂过的风，你吹你的，我依然明媚如初。

　　在丽江，我们住在一个垂满常春藤的四合院式客栈。推开木头栅栏门的一刹那，满目的翠绿，<u>丝丝</u>条条垂到地面上，那种赏心的感觉，瞬间就涌上心头。

　　一个叫小蓉的女孩引我们上二楼。走过木楼梯，走廊上一张长长的美人靠椅，铺着极具中国元素的大红色软垫，靠椅外面，是一片开得明艳艳的天竺葵，跟瀑布般流泻的常春藤的绿相映成趣。

　　那天阳光极明媚，正是下午时分，阳光照在院落里，尤其因眼前这一排的天竺葵，整个院子活泼且明媚，我立刻就喜欢上了这家客栈。

此后在丽江的几天，每次从外面疲惫不堪地看景回来，只要推门走进院落，抬眼看见木栅扶栏上盛开的天竺葵，一天的疲惫就瞬间消逝无踪。

虽然在那家客栈只住了两个晚上，如邻家女孩般亲切热情的小蓉，以及院子里开得如火如荼的天竺葵，却给我一种在家的温暖。

我的花友们喜欢亲切地把天竺葵叫成"小天"，好像在叫自家孩子。的确，只要你种了天竺葵，就会像喜欢自家孩子一样喜欢上它。

它是一种非常好饲养的花，夏天休眠，但在冬天万物萧条的时候泼泼洒洒地开，好像冬天才是它的春天。只要气温不是特别低（低于5℃），天竺葵便会一朵接一朵不停地开。

想象一下，萧瑟冷寂的冬季院子里，一片颓败，而墙角的几株天竺葵却开得妖娆艳丽，璀璨耀眼，即便冬天那么冷，也不那么令人讨厌了。

又被叫作"洋绣球"的天竺葵，开花前，先从叶腋间猛地抽出一根极长的花葶，花葶顶部蕴出一串铃铛似的蓓蕾。接着，这些蓓蕾便一朵接着一朵，一串接着一串，开成一簇花，虽然没有无尽夏绣球花那样硕大、招摇，却自有一种风情流露。倚着墙角旁逸斜出也好，靠着木架姿态挺拔也好，天竺葵都有属于自己的各种美。

天竺葵品种众多，常见的是那种圆形马蹄纹叶的天竺葵，花朱红色，极喜庆。有种驱蚊草也是天竺葵的一种，叫香叶天竺葵。

欧洲人喜种天竺葵。相传，一千六百年前，一艘船在停靠好望角时发现了天竺葵，船上人便把它带回荷兰莱顿的植物园。后来，又有一位英国园艺家从巴黎买来天竺葵种子，把它引入英格兰，从这之后，天竺葵就大受欧洲人的喜爱，成为欧洲乃至西方国家的居民用来装点窗台的大众之花。

对于天竺葵，只要了解它的习性，它就是一个非常好养的品种。基本半木质化的老株看上去总让人感觉坚挺有力，因而不必多浇水，否则烂根枯死也是件令人伤心的事。以前我没有经验，好几盆天竺葵在我手里莫名死去，令我心疼了好一阵子。

天
竺
葵

茶花的风骨

● 小寒

　　早上去单位上班，发现门口停车场附近几棵一人高的茶树开满了红彤彤的花朵。

　　将车子停好，没有直接去办公室，倒是鬼使神差地走到了茶树下，拿出手机，趁着离上班时间还有几分钟，嚓嚓嚓，拍了几张，就好像把初开的茶花的喜悦收进了手机里，然后，带着欣悦的心情赶点去上班。

　　傍晚回到家，兴冲冲上楼，去看园子里那棵矮矮壮壮的茶树是否也开花了。

　　茶花未开，不过令人欣喜的是，枝头缀满了花苞，数了一下，竟有三十来颗。

　　茶树被我栽在南露台花坛里，几年前买来时，它只是盆中小小一株，移到花坛里后，大概是花坛里养分充足，两三年后，它虽长得低矮，却也枝粗叶阔，葱郁舒展。

　　平常的时候，这株茶树总是灰白的枝干撑着一片浓密的墨绿色叶子，叶片光泽如莹，肥厚坚硬，除了隆冬和早春开花的几个月，枝头一片繁盛的红，其余时间都是敛静、安然的，经常被我遗忘。

大约从入秋起的白露开始，茶树碧青的枝叶间冒出黄豆般大小的蓓蕾，贴在叶丛间，尖且鼓鼓的。好像从来不着急，蓓蕾们静静挺在枝梢，历经秋分、寒露、霜降，甚至经过立冬、小雪、大雪、冬至，直到小寒前几天，才看到它们有了开的迹象。

小寒这天，小城下起了小雨，湿湿冷冷的，更加深了冬天冷冽的气息。

茶花却在那天开了。

这么多的花苞，只开了一朵。层叠的碗形花瓣，大红的颜色厚重、沉稳，雨水沾在花瓣上，使它多了一分剔透、灵动。

两三天后，第二朵开了，紧接着，第三朵、第四朵……三十来个花苞次第打开，那是怎样壮观的画面啊！灿烂，却灿烂得沉静、不炫目。从来觉得茶花的美在于艳丽得稳重，妩媚但不轻佻，就像历经岁月磨难和生活淬炼的女子，内里藏着许多故事欲向你诉说，却忽又转头，过尽千帆地淡然一笑，不说也罢！

让我想起一个女人——"丝绒歌后"蔡琴。

想当年，蔡琴的人生也像茶花一样璀璨、耀眼，多少歌迷被她的声音迷醉，可她却在二十岁时被一个男子迷醉。

然而，蔡琴的这段爱情竟是她一个人的理想国。十年后，蔡琴听到她深爱的那个人对他们爱情下的结论说："十年感情，一片空白。"她竟然毫无遗憾地回答："我不觉得是一片空白，我有全部的付出。"

我爱你，与你无关。这便是蔡琴的爱情观。以至当有人为这段只有付出、没有结果的感情打抱不平时，蔡琴却说："虽然有受伤的感觉，但我爱过了，这便最重要。"

性情如蔡琴，对待爱情的态度"我爱过了，这便最重要"；痴情如蔡琴，对这番的沉痛经历仍云淡风轻，仿佛从来不曾受过伤。

离开杨德昌后，蔡琴依然在舞台上光彩照人地唱她的歌，而经历过深痛的她更加通透、豁然，更加知性、迷人。

一直喜欢蔡琴的歌，手机、电脑里都下载了《你的眼神》《把悲伤留给自己》这些经典的歌。低沉委婉的声音，曾在多少个孤独寂寞的夜晚安抚过我躁动不安的心，像午夜时分有个人在你耳边低回倾诉。

茶花凋谢的时候，花瓣一直紧紧抱着，即便最后枯萎掉落，在地上的茶花，依然是完整的一朵，好像是被谁狠心直接从枝头打落的。

我猜，茶花掉落的时候，一定有重重的"啪"的声

茶
花

音，掷地有声。

这便是茶花的风骨，开也璀璨，落也铮铮，就像蔡琴，轰轰烈烈爱一场，即便失去，依然仰起头，毫不遗憾地说："我爱过了！"

大寒
黄麻子泛滥

第一次去花友咸青家，是在某一年的夏天。

咸青家也在顶楼，跟我家的布局略有不同。露台统一集中在北面，约四五十平方米的长方形结构。咸青把它隔成两个空间，一半装了防雨棚，做喝茶休憩之处；另一半露天栽满各种花草，四季色彩缤纷，简直像一个大花园。

一进家门，主人便带着我，一路从客厅的阳台到每个房间的窗户外，再到顶楼的露台，最后，搬了张高脚凳，踮起脚扒向屋顶斜坡，一一向我介绍她的家庭植物园。

我一边欣赏，一边惊叹得不行——怎么可以把家打造成这般姹紫嫣红？

但也就在那一刻起，我在心里给自己鼓了气——嘿，你也可以的！这不，有大师可以借鉴学习嘛！

临走时，咸青送了我好些种子，其中就有黄麻子。

她一一点着这些种子给我介绍：旱金莲、夜娇娇、

波斯菊、韭兰……当说到黄麻子时，我扑哧笑了，当真
有这么怪而有趣的名字。咸青拿起顶头尖尖、跟黄豆一
般大的黄麻子种子，很认真地交代："九月就可以埋进泥
土里，十月出苗，可以开一个冬天和春天；夏天花谢了，
尽量少浇水，到六月，把籽从土里挖出来，晾干后保藏，
到九月再播种。"

兴冲冲拿回家，一晃到了九月，便按大师叮嘱，把
种子全部埋进泥土里。到了十月，果然出了满满一盆苗。
一看到这些小苗，我终于明白它为什么叫黄麻子这名字
了。墨绿色的三瓣叶片上布满一粒粒小小的黑色麻点，记
得咸青跟我说过它开黄色的花，想来这就是"黄麻子"名
字的由来了。

其实它的学名叫黄花酢浆草。

黄麻子在十一月下旬开花，与带着麻点让人想到麻
风病人脸的叶子完全不同，黄麻子的花既明艳又清纯，
开花时跟天竺葵很相似，长长的花莛顶出一串玲珑花穗，
一串花一开就是七八朵。这边的花串开败了，那头又抽
出几根花莛，顶出许多花苞，这头开谢了，那头便接着
开。从入冬开出第一朵黄花后，它开起来真叫一个疯狂，
一点不比夏天的三角梅逊色。

直到第二年五月前后，黄麻子开花的势头才慢慢减

黄
麻
子

下来，花茎和叶子开始耷拉、枯萎，曾经鲜妍繁盛的花枝渐渐变得稀疏、寥落。当盆里的花叶变成枯枝残叶后，清理净花盆，放于阴凉冷僻角落，记得偶尔去浇点水。

这是在等黄麻子在泥土里养籽。等到六月中旬，就可以翻土，把里面的籽挖出来。

哇！好多啊！

翻土挖籽的感觉，让我想起儿时地头掘落花生的情景。不过，干农活儿和种花劳作的心情，哪能比？

把籽搁几天风干后，用塑料袋包起藏好。等到九月，就可以拿出来继续埋进土里。多出的那些，就可以送给朋友，就像那年咸青送我一样，郑重告诉他："这是黄麻子，特好养，花又开得好看。别笑，就叫黄麻子。"

说黄麻子好养，它真是跟太阳花一样。就是草嘛！只要留心看看公园里、湖边、绿树下那些泛滥的车轴草、苜蓿，就知道三叶草这类植物多能长了。可车轴草、苜蓿们只能匍匐在户外野地，作为一种铺地植物自生自灭，而与它们同一家族的酢浆草何其有幸，被我们这些养花爱好者请进家里，跟海棠、瑞香、白兰一样爱护和喜欢。

黄麻子只要种过一年，之后每年时节一到，便会像二月兰一样从泥里冒出来。它甚至比二月兰还皮贱，只要是有土的地方，就有黄麻子的身影，泛滥一样地，到处都能冒出来，最后多到你无法忍受而不得已将其拔除。

于是，当有初迷种花的人来问我"像我这样没什么经验的人种些什么好"，或者"你看我种什么死什么，但我真的很想跟你过这样种花的生活"的时候，我会拍拍胸脯如假包换地告诉他："夏天养一大片太阳花，秋天种一盆黄麻子，包你一年都有花看。"

太阳花

辑四　肉肉之舞

它们像跟你捉迷藏，一点点、一点点带给你惊喜，慢慢俘获你的心。

而你，也在它们日复一日长久的陪伴下，渐渐被欢喜充满。在重复得没有多少新意的日子里，因为这些多肉，突然就注入了许多希望和期待。

而你也渐渐相信，有一种力量，藏在那份安静中，似无声无息，却暗流涌动。

初恋

初秋的傍晚，去花友咸青家，趴在洒满落日余晖的阳台窗户栏边，欣赏窗台外一盆盆被她养得丰姿绰约、玉润珠圆的多肉，冷不丁问出一句："你的初恋呢？"

可不要说我这么大年纪还如此八卦，我可没那闲心窥探人家初恋那点事，我问的是，咸青养的那盆叫"初恋"的多肉放在窗台哪个位置，我想看看它长得怎么样。

咸青当然明白我问的是什么，手指从窗台外的不锈钢架子上那一盆盆仿佛她后宫佳丽的多肉盆上划过，最后，停在那盆初恋上。

"哇！你养得真好，养出了初恋的味道。"

"初恋是什么味道？"

仓央嘉措说："启齿嫣然一笑，把我的魂儿勾跑。"

这当然是世间男女喜欢上对方时那种怦然的甜甜的味道——春心萌动的少年，看到心爱的人儿浅浅一笑，魂儿都不知道跑哪儿去了。

而我赞叹的是，咸青把初恋养出了它的独特味道。

由胧月和拟石莲属杂交的景天科多肉植物初恋，不

出状态时真的很普通。阔大的匙形叶片，尖而肥厚，呈莲花状松散排列，表面附的一层蜡质，使原本蓝绿色的叶片看上去灰灰的。关键是，它继承了胧月粗质野性的基因，疯长起来，完全没有一般石莲属内敛娴静的矜持（这大概也是一些新手喜爱养初恋的缘故——不娇气）。

迷上多肉的人都知道，养多肉是一件牵着蜗牛散步的慢活儿。你倾注许多的热情和欢喜，赔上大把时间，从去春到今夏，一直盼啊盼，那盆里的东西只是长了那么一点，小小的一团，真磨人。

初恋就不一样，只要是在生长季（基本就在春秋两季），几天没见，长成那个虎头虎脑的样子，简直让你怀疑——到底是不是多肉啊！

其实，如果你把握初恋的脾性，它亦会像百变女孩一样，完全呈现另一种状态。就像我的朋友咸青，把初恋养出了令人怦然心动的味道。

原本灰绿色的叶片，从叶尖边缘起一点点变成红粉，叶片与叶片间排列紧密，显得更有风骨，莲座状的株形，一株株挤在咸青给它配的中型陶盆里，极像一个个酒后微醉粉面桃花的少女。总之，见到这样的一盆初恋，必然会怦然心动的。

记起咸青送我这棵小苗时，告诉我"初恋"这个名

初
恋

字，我也是醉了，忍不住对着手上这棵普通的多肉苗多看了几眼，心想，给它命名的植物学家，一定是个心怀浪漫的人。

正值生长季，小苗被我带回家后，很快养得茁壮、矫健。这家伙太会长，噌噌噌，几天就长大一圈，很快就在盆里撑不住，垂挂了下来。

可看到咸青养的这盆初恋，便自叹不如了，到底还是境界不够啊！人家是往风味、气质路上追求，我呢，还为自己能把它养得如此壮硕沾沾自喜。

想来在养多肉这条路上，我还在养孩子的物质层面，只求养活、养壮。不过，扪心自问，我何曾有咸青那般用心用力？为了把几十盆多肉养出最好的状态，借助那把两米高的木梯子，女汉子咸青一盆盆将它们搬到屋顶，就为了让肉肉全天有阳光晒。我自叹做不到。

今年夏天，因为闷热且高温，那盆已经被我养得很壮硕的初恋竟然也跟其他十几盆多肉一样，焦枯而死。好在有两棵叶片插活的小苗竟然坚强地挺了过来，多少也让我有点安慰。

不过，如果是新手想尝试养多肉的乐趣，这款初恋还是首选，因为它不仅在养的过程中会让你很有成就感，如果你用心养得好，它还会呈现令你怦然心动的美。

玉
露

　　扁平端庄的株形、光滑玉润的叶子、钻石般透亮的顶窗，多肉里株型奇特的玉露，品种也是繁多：熙玉露、草玉露、毛玉露、蝉翼玉露、白斑玉露、紫肌玉露、楼兰、魔王、冰灯……光看这些名字，就让你眼花缭乱，云里雾里，况且它们模样儿都差不多，扁扁的一团，叶片肉嘟嘟，肥圆饱满，顶部都有圆润透亮的窗。

　　我第一次听花友们谈玉露时说到"窗"，极为纳闷，不知为何物，后来一查，原来是叶子顶端透明的那部分。

　　据说，要看玉露养得是否好，就看这"窗"是否透亮。有的窗半透明，有的全透明，因而"窗"可算作玉露的一张名片。

　　仔细观察我那盆玉露顶端的"窗"，墨绿色、圆润饱满的叶片顶部果然透亮得能清晰看见里面的脉络纹路，阳光透照下，水晶一般莹润，与底端厚实部分泾渭分明。

　　为什么别的多肉没有，只玉露有？

　　这窗是怎么来的呢？

双子座的好奇心驱使我，一定要去查个明白。

其实多肉植物看上去模样都差不多，但习性脾气甚至内部构造迥然不同。一般植物的光合作用，都在外露的叶子上进行，可玉露不是，它进行光合作用的叶绿体藏在叶片底端，接近泥土的根部，阳光透过顶部透明的窗，进入叶片的底部，在那里进行光合作用。

如此奇特。

可为什么会这样呢？

让我们想象几千万几亿年前，玉露生长在南非广袤的原始森林里，显得如此柔嫩娇小。而森林里的环境极为恶劣，天气炎热不说，还时常受到在丛林里自由出入的野生动物的踩踏。达尔文说，物竞天择，适者生存。为了生存，在无法改变外部环境的状况下，只有改变自己才是聪明之举。玉露表面上不动声色，其实内部已经在用功运气，它们开始慢慢进化，将叶片深深往地下埋，每个肉质叶片仅留出上面透明的"窗"接受阳光照射，以此躲避伤害从而存活下去。

《植物知道生命的答案》一书里说："大多数动物能够选择环境，在风暴中寻找掩蔽之处，寻觅食物和配偶，或是随季节变化而迁徙。然而，因为植物不能运动，无法移向更好的环境，它们必须有能力抵挡和适应持续变化的天气、不断霸占自己领地的邻居和大举入侵的害虫。

玉
露

因此，植物演化出了复杂的感觉和调控系统，这使它们可以随外界条件的不断变化而调节自己的生长。"

看到这里，我不禁被如此娇小的一簇植物的智慧折服。

"每一朵花其实都为人类树立了奇异的榜样，它们不屈不挠，勇敢无畏而且富有智谋。"我经常在这些植物里学到许多智慧，并被它们强大绝巧的生命力感动。它们看上去如此娇柔，却从不曾向命运低头妥协。

即便是现在，玉露也因自身对环境极强的适应能力，而被多肉爱好者们喜爱。而且，它们生崽的能力也超强，我经常发现盆里的玉露母株身边生出许多小侧芽，簇簇拥拥的一大团。只要掰下那些小侧芽，另外分盆种植，不久便又是一株清新透亮的玉露。

有一次我心血来潮，掰了十来棵小侧芽，全部安在一个大盆里，过了个把月，那个大盆里一片翠翠绿绿。长势很好的玉露，一个个玲珑剔透，挨挨挤挤，一派清新可爱，真叫人喜欢。

瓦松

　　有一年和朋友一起游富阳龙门古镇，踏着青幽质朴的青石板路，晃入白墙黑瓦巷子，被古镇里民居庭院门口石臼里那一丛丛阔大的铜钱草、水缸石缝间长出的虎耳草营造的乡间野趣吸引，陶醉其间时，不知谁指着屋顶大叫——"看，好多瓦松哎！"

　　循着那手指方向，大家齐刷刷地抬头看向屋顶。可不是，阴湿低矮的黑瓦屋檐一角，一丛丛莲花似的瓦松，成堆成簇在那屋顶上，兀自长得天高云阔、气势非凡。

　　一起去的都是对养植物上瘾的人，彼此意会地望一眼，有人便开始找可以垫高的石块、可以伸到屋顶的竹竿，甚至手长的已经从檐角挖了几捧，高兴地哇哇乱叫起来。

　　结果，大家捡了宝似的，捧回一大袋野生瓦松，那一次的龙门古镇游足迹早已模糊，但对瓦松的记忆无比深刻难忘。

回来后专门去农村老屋淘了几块瓦片，瓦松就被我安在这黝黑的瓦片上，拌了些陶粒和泥，灰不溜秋地开始把这里当作古镇的屋檐，它竟然在秋天施施然开花了。

那花穗状，白色，花瓣小巧玲珑，中间吐细长红色蕊柱。一朵朵小花在细细的花茎上排列成串，次第而开，好似一串雅致的风铃。难以想象，这个能在山坡的岩石碎砺间、老屋的墙头瓦缝中蓬勃生存的野货，居然开出这般清新悦目的小花。

是的，瓦松既耐寒又耐旱，生命力极其顽强。它的鳞片表皮含有蜡质，能够减少水分蒸发，在干旱缺水的季节，鳞片储存的水完全能供茎叶正常生长，无愧于授予它的另外两个别名：向天草和天王铁塔草。更有诗云："瓦缝立身何畏艰？玉躯也敢傲霜寒。莫叹不敌青松伟，风格从来无二般。"

又因瓦松极具药用价值，它在民间又有"东方神草"之称。

那年秋天，东方神草就在我的园子里，欣欣勃勃地生长，清清巧巧地开了花。

可是，养过多肉的人都知道，瓦松一旦开花，母株便会逐渐枯萎死去，这真是一件令人伤感的事。我拿来相机，想把这些小花拍下来。透过镜头，瓦片上的它们美得如此微小，而一想到不久它们便将凋谢，甚至连这

瓦
松

盆瓦松也将随之枯败，心中不免十分惆怅。

瓦松寿命如此短暂，也是因为生长环境恶劣所迫。就像玉露为了适应恶劣环境而进化出顶部的窗，仙人掌把叶子退变成针尖状，而把水分藏在饱满的茎里，以抵御沙漠的干旱，瓦松用尽全力开完最后一朵花，生命再也没有气力维持下去，便选择退隐。

但是，它留下了种子。

微小的种子掉在土沟里、山石或瓦缝间，极其耐心地等待着。等来年的雨季一到，便埋头吸足水分，开始新一轮的生命历程——发芽、长根、生长、开花。

在多肉植物里，瓦松的寿命是比较短的，一个春夏秋冬，就是一次生命的轮回。

当我知道瓦松是用这样的方式来繁衍它的种族时，便不再为它暂时的消逝而伤感，甚至心生几分敬重。想到我给它拍了照，把最华美的瞬间留存了，所以，即便看着它最后一片叶子枯败，剩下一个空盆，我也不觉惆怅，因为我知道，它们的生命还在。

第二年，盆里果然生出许多小瓦松。

火祭

这几天赶着秋爽，每天一有空闲，便窝在北露台上，准备趁着适宜的气候重整河山。

一边整理，一边对着眼前这些被夏天夺魂而去，留下的一只只空盆感叹，生命真是无常啊！

每年夏天多肉都要阵亡一大片，今年尤其惨，只剩几盆实在顽强地挺了过来。为着这么多空盆，我决计趁秋天这个好季节再重新发展。

这就是我们这些植物爱好者的乐趣所在。也许有些人不懂，好不容易辛苦种出个样，几天时间就这么没了，这不是白费时间和精力？做这些无用的事作甚？

也只有我们这些植物爱好者懂，我们享受的是这样一个过程——过程即收获。

打理的时候，在南露台上发现了这盆火祭，在四方盆里依旧长得葱葱郁郁。记起当初把这盆火祭从北露台多肉园拿到南露台的花草园地，就是因为它长得太豪放粗野，与那些静静的多肉小盆放在一起实在不搭，就顺手把它拿到了南露台，心下觉得，只有跟这些随性花草在一起，才符合火祭粗放的个性。

大概也是沾了花草们的不矫情性情，眼前这盆火祭看上去生命力蓬勃，一颗颗宝塔似的翠绿的头骄傲地直挺，疏密有度地簇拥着，仿佛没有经历过这个恐怖的夏天。

在景天科里，火祭是豪放派，追求精致品味的花友基本不把火祭纳入饲养之列。即便养了，也长期搁在窗外，任其受风雨吹淋，自生自灭。奇怪的是，越是这样不受待见，火祭的生命力越是欣欣向荣，一路蓬勃。就像现在这样，把它扔在南露台花草堆里，任炽烈的太阳光每天从东晒到西，竟丝毫没让火祭受伤。枝叶间已经生出许多很嫩的芽，新的生命将在这盆葱郁的火祭上爆发。事实上，秋天才是它的最好年华。日夜的温差以及充足的光照，将在它身上织出一片锦衣——浅浅嫩嫩的翠绿叶片渐渐变成鲜妍的粉红色，直到更红，就好像时光把一个青涩少年打磨成一位成熟温润的男子。

有人说，如果在多肉界举行一个谁变化大的比赛，那么火祭一定可以名列前茅。它既可以毫无节操，乱长一气，宛如野草，又可以株型紧凑，叶片层叠包裹，红如鲜花。鲜红的肉质叶是其独特与魅力所在。有些花友养

火
祭

得好，一盆红彤彤的火祭，看上去好似燃烧的火焰，大概"火祭"一名就是这样来的。

而它还有一个更好听的别名：秋火莲。

但我觉得，火祭即便是一盆翠绿、稚嫩天真的样子，也很讨人喜爱。养多肉这些年，从一开始专找易养型的普货到追求精致型的稀贵，到现在又重新回到这些普货，就好像人生的三个境界。而这个过程，你需要去经历，才会慢慢觉悟，什么样的多肉能陪伴你最久、什么样的人是真心真意的。

于是，我准备好好发展这盆留下来的火祭。砍头、扦插、分盆，找几个能与之组合搭配的品种，火祭色彩艳丽、端庄阔气，绝对是提色点缀的最佳之选。

观音莲

应该说是观音莲带我进入美丽的多肉世界的。

第一次和朋友去花市，在逛完一家又一家缤纷多姿的花草店后，路过一家开在隔壁与花草店风格截然不同的多肉店铺，门口几十盆白色的简易塑料小盆装的莲花状多肉吸引了我。

我认识那叫观音莲，可竟不知它这么美。大概是从大棚里培育出来的缘故，每一盆都长得清丽端庄、丰姿绰约。尖尖扁扁的叶片紧密挨着，叶片边缘一圈是极有韵味的胭脂红，像极一朵盛开的观音莲花。

那一刻，看着店门口几十盆齐齐摆放的观音莲，瞬间竟心头生起莲花，从此，便一发不可收拾地爱上了多肉种植。

景天科长生草属的观音莲，原是一种高山多肉植物，堪称多肉中的普货之王。

莲座状的品种有好多，但都不及观音莲最典型，随便一养，便风情万种。一些花友甚至用硕大的吊盆种出各种姿态，大抵也是因为观音莲的生命力如此顽强，而名字又带着吉祥和禅意。

初秋的某天清晨，去湘湖边做户外瑜伽。老师是一位很有禅意的女子，教的是阴瑜伽动作，幅度兼难度都很大，跟练一个小时，身体已微微出汗，却感到筋骨伸展，通体舒服。

结束时，老师让我们面对湖水盘腿席地而坐，闭上眼睛，放松。接着老师打开手机，空灵的佛教音乐在耳边流淌，似乎周边万籁皆归于寂静，只有初秋清晨的凉风拂过脸颊，只有耳边空灵轻妙的佛音回荡。

等睁开眼睛，眼前仿佛换了一个世界，顿时感觉整个人清净澄明。

其实世界没有变，而是我的内心变宁静了。

当我闭上眼睛，把注意力全部回到自己的呼吸上时，所有的杂念离我而去，那一刻，我回到了我的内心。

外在世界太纷乱，我们需要这样时刻内观，回到人的本质之境，那就是激活你的感受力，放下你头脑中思考的许多杂乱，让自己身处一个纯净的内在世界。

每天，黄昏时分，在露台上整理一盆盆多肉，静静观看它们，我的心便无比宁静。我完全被眼下的它们所迷住，甚而似乎走进了它们妙不可言的世界。

我在心里跟它们对话："吉娃娃，你长得越发叫人喜爱了。""锦晃星，可爱的兔耳朵泛红啦！""嗯，玉露，还是那么沉静内敛。""哇，玉蝶，你这是要生多少小玉蝶？""波尼亚，满世界都是你的绿。""姬星美人，真是给你一片天地你就灿烂无边呀！"

这些被我从秋天养到春天再欣欣然在初夏秀出各种状态的肉肉，仿佛一个个亲手养大的娃，每一盆都让我打心底里喜爱。而这一刻，我的眼里心里也全是这些尤物，几分钟前还萦绕在大脑里的许多杂事琐事，神奇般地不知跑到哪里去了，只有当下的感受，如此美好。

我想，我要感谢观音莲，是当初花市里那怦然心动的一瞥，让我爱上了多肉。我更要感谢几年前那一转念，当灵魂被各种俗尘事物压得透不过气时，突然就无可救药地迷上了种花，想来那应该算是我开始进入禅修的一步吧！

做完瑜伽回来，依旧在露台上各种转悠。刚下过一场雨，花草们葱葱郁郁，经过一个酷夏，多肉架子上只剩寥寥几盆。春天时叶片密密挤挤的观音莲，因夏天的闷热，只剩半盆的翠绿。却惊喜地发现，就在这半盆翠绿周围，嫩嫩地长出许多小观音莲，无比可爱，无比萌。

观
音
莲

仙人掌

我的仙人掌

你有很多的刺

你是砂石和旱风的

勇敢的敌人

诗人聂鲁达写的仙人掌诗，充满了坚硬顽强的气质，而当我看到卧室窗台外那盆仙人掌的花，内心立刻生出一种柔软。

我是在清晨起床，打开卧室窗户的一刹那，看到搁在空调外机上——实际上是被我遗弃的那盆仙人掌，开出了明艳的黄色的花。

那是小满前几天。

我见过许多美丽的花，却从来没有像此刻这样，在初夏清晨的窗外，看到仙人掌开花这般惊喜。

对于仙人掌这种普通到尘埃里的植物，许多人养它，或许只是因为它的生命实在太草贱——对于尚未建立信心的初种者来说，种一盆仙人掌，绝对是入门的不二之选。

当然，我说的是那种最平常的茎叶扁平的仙人掌。我当年种这盆仙人掌，想来也是抱着这样的心态——当所有经我手的花草一盆盆不知什么原因遽然死去时，至少还有这盆仙人掌一直陪着我，不离不弃。

但后来，这盆最平常的茎片扁平的仙人掌，最终被我嫌刺儿太多，嫌它长得丑陋碍眼，而从露台大家庭里搬到了这里。我拥有的太多，早已对它心生厌恶，但是，若扔掉，又觉内心愧疚——就让它自生自灭吧！

想必当年苏东坡被贬至长江边上那个"僻陋多雨，气象昏昏"的穷苦小镇黄州时，皇帝也是这样的心态——这个老东西，虽然才气冲天，但身上刺儿太多，留在身边，总那么让人不舒服，且逐他远处去，眼不见为净。

然而对一个眼里尽是诗意的诗人来说，即便被放逐至海岛天边，也能在那样的地方辟出自己的乐园。江水风月本无常主，闲者便是主人。苏东坡在黄州，住临皋亭下，看见"风涛烟雨，晓夕百变""白云左绕，青江右回"，望长江对岸武昌的山色之美，端的是风光无限好。于是，在那些年里，他竹杖芒鞋而出，雇一叶小舟，与农夫渔樵结伴，消磨那沉重暗淡的时光。

他在城东的坡地里开荒垦地，植高柳，种稻田、麦田、果园、桑林菜圃，还种茶树，打理出了一个东坡农场。苏东坡颇为自己的劳动欢喜自得："某现在东坡种稻，劳苦之中亦自有其乐。有屋五间，果菜十数畦，桑百余本。身耕妻蚕，聊以卒岁也。"

所以，生活的苦乐不在于你所在的环境如何，而在于你对生活所持的态度。

被贬黄州时，为了生活自给，老苏脱去文人长袍，换上农民短褂，亲自耕田劳作。即使处于那样的境况，他依然创作了《赤壁赋》这样的天下名作，给世人留下绝唱。

也许这才是苏东坡最令人敬佩的地方，生活虐我千百遍，我待生活依然心怀美好。

好比这盆被我冷落多年的仙人掌，每一次去开卧室的窗，看到它扁扁的几近干枯的茎片，盆里的泥贫瘠得都能看到仙人掌裸露的根，几乎是要它放弃的心态，但仙人掌好像并不觉得委屈，每次看到它，它总是顽强扎根在盆里，并不断长出新茎片，趁下雨时多喝些水，就是不肯死去，不肯向命运低头。

而此刻，它又在这样的境遇下，开出如此绚丽的花。

我很惭愧，真的。

这几天，看到它娇艳的花一朵接一朵地开，我心中的惭愧又变成欢喜，每天去卧室开窗或关窗时，总要在窗台上趴着看好久。

我想拍下它每一朵开放时的姿态。因为空调外机比窗口低许多，隔着窗台，花朝外，人在内，怎么也拍不到满意的样子，于是绕到客厅阳台上，透过阳台的窗，调整各种姿势，竟是折腾了很久。

是想弥补些什么吗？

倒也不是。只是被眼前的美丽感动。

"冷处偏佳，别有根芽，不是人间富贵花。"纳兰性德的这首词，本来赞的是塞上的雪花，此刻我觉得，来形容这盆仙人掌的花，便十分贴切。

仙
人
掌

白牡丹

江南的夏天真是燠热难耐，高温那段时间，城里简直像个大蒸笼，可难为了我北露台的多肉们。亲眼见着这些架子上的多肉盆从春天一路欣欣勃勃过来，经历小暑、大暑，在日头下一盆盆变焦变黑，且慢慢萎蔫下去，真是心疼得不行。

你问我这几天忙什么，告诉你，我正忙着在抢救我的肉肉们。

把一盆盆已被烤得实在不忍看但好像还有一点生命迹象的多肉盆转移到楼下相对阴凉的北窗口，是我目前所能想到的唯一办法。

搬运的过程中，发现洗衣机旁铁架上的那盆白牡丹依然翠绿挺拔，老桩下除了几片叶子有点干瘪，整株状态竟然出奇地完好。

不由得打心里佩服白牡丹的强健。

跟观音莲一样，白牡丹也是多肉植物里的一大普货，容易群生，几乎没有休眠期，而且，叶插也极易成活，四季都可以繁殖，深受花友们喜爱。

　　如果追寻祖辈出处，莲花状的白牡丹是胧月和静夜的杂交品种，它继承了风车草属胧月的强健和石莲花属静夜的美丽，娇小的姿态，比又叫宝石花的胧月讨人喜爱多了。

　　像观音莲一样，白牡丹也很容易从母株底部群生出一个个小娃娃，像一窝小鸡紧紧簇拥在母鸡身下，而且小娃娃很会长，不几日便肥嘟嘟，憨萌可爱。如果饲养得好，比如水分控制得好，带白粉的肉质叶片或在秋冬天早晚温差大的季节里，叶尖就会泛出少女粉颊般的微红，这时的白牡丹是最美丽的。

　　而春天是白牡丹的开花季。养多肉真是件好玩而且惊喜连连的事，本身就已经长得像花一样，居然还会开花，开的花又小巧精致，风味与一般的花是如此不同。

　　高挺的花箭从肉嘟嘟的叶片间抽出来，顶端连串生出一朵朵浅绿色铃铛似的小蓓蕾，蓓蕾一朵接一朵地打开，挨个儿开出钟形的小花。橘黄色的花瓣，上面衬了红色的细点，开花的白牡丹姿态挺拔，清丽端雅，静静倚靠一旁枝型粗放的宝石花，风味自是不同。

　　那是前年，养了才半年的白牡丹竟然开花了，那是我养出的第一盆开花的多肉，不是一般的惊喜。一直觉得多肉开花是一件很隆重的事，一则因为它们不常开，二则据说许多多肉开花后，母株随后便会死去，真是一场难得又壮丽的花事。

白牡丹的花热热闹闹地开了一个多月，那段时间，我每天都要欢喜地跑去北露台看白牡丹玲珑的小花，觉得人生的幸福不过如此。

"生命如果不是从一点点小小的欢喜赞叹开始，大概最后总要堕入什么都看不顺眼的无明痛苦之中吧。"那段时间读蒋勋的书《舍得，舍不得：带着〈金刚经〉旅行》，读到这句话，深深被打动。

想到那年白牡丹开花时，每天拿着相机在露台上对着它拍，满心是对眼前这些小花的赞叹，生活中的劳苦烦闷，竟不知不觉遁了形。

其实人生并没有那么多烦恼、痛苦，无非是因多思多虑生出来的幻相，看眼前这盆白牡丹心无旁骛开着它的花，如此美好，它可不会因开花后会耗尽精力而担忧。

有一天看到"奶茶"刘若英说的一句话——清晨呼吸到新鲜空气，中午喝一杯凉爽果汁，傍晚聆听一首慵懒的音乐，都会觉得生活好幸福。演艺圈里最喜欢"奶茶"，她想爱时勇敢爱，又明白人生不必强求太多，活在当下是最舒服的姿态。

赶紧把白牡丹也移到楼下，即便它如此矫健，也要好好呵护啊，毕竟，还期待它明年春天继续开花呢。

白
牡
丹

紫玄月

　　紫玄月是多肉里的吊兰，因能长出一片垂挂风情，自是与别的多肉不同。然而由于它太普通，爱养多肉的人会因为拥有的品种越来越多，眼界一天天拔高，朴实的紫玄月便渐渐被遗忘，就像我。

　　在所拥有的许多多肉面前，我的目光总是会落在那些让我更心动或者因更脆弱而我愿意倾注更多时间和精力的品种上，紫玄月就那么被摆在角落里，甚至经常连浇水都会忘记。

　　然普货之所以被称为普货，就是因为它们极其强韧，不需要时刻像爱妃一样被关心宠爱，即便被打入冷宫，被遗忘，它们仍然在无人顾及的角落里，知足而无怨地活自己。

　　紫玄月就像一个村姑，在乡村田地快乐而野性地生长，它要的不多，唯阳光、雨水足矣，它更不挑剔，有这些就承接，没时忍着。

在北露台上，每一次巡视，那几盆插着名字标签的多肉——桃美人、吉娃娃、静夜、玉蝶、花月夜……都是我时常关注的。可曾有些变化？虫害了没？有没有长徒？而紫玄月就在外面扶栏一角落里，盈盈漾漾的一盆，长得疯野、不羁。几天不给它浇水也没事，只见玄月似的叶起了褶，瘪下去了，赶紧泼上一盆水，第二天再看时，它又叶叶饱满。

开雏菊般黄色小花的紫玄月，和佛珠同是菊科，却是另外一属，厚敦菊属（大概只有你亲手养过紫玄月，才会明白这"厚敦"二字多贴切），又叫黄花新月、紫佛珠，外国人叫它香蕉串，真是够形象的。

同是多肉界的吊兰品种，与情人泪总是碧青翠绿的清新貌不同，在阳光不同的拂照下，紫玄月饱满的新月叶片的颜色会有变化。比如光照时间少时（长期放在阴处），叶片便总是一片青翠；但如果光照充足（一直放室外阳光直射处），原本翠绿色的茎会渐渐变成紫色，连那新月形的叶子也一片片变得深紫甚至呈紫黑色，好像一个未经世事的青涩少女，嫁了人后，几年没见，突然是一副饱经人事的深邃，有点读不懂她，却又十分喜欢她那种成熟韵味。

紫玄月也会开花，春天或秋天开很迷你的黄色小花，一根极细极长的茎从圆润的叶片堆里抽出来，小花便一朵一朵挂着，很是清新雅致。

有朋友来，我经常会从长得泼泼洒洒的紫玄月盆里摘几根送他们，告诉他们这是新手最适合养的多肉，扔土里，自会长出一片风景。

有一次，一位朋友发过来一张长得瀑布似的紫玄月照片，告诉我："这，就是你半年前送我的那一小截，半年时间竟然疯长成这个样子！"

因为这一小截紫玄月的启蒙，朋友已经无可救药地喜欢上多肉，阳台上搁满了她种的一个个盆。她每天看它们长得怎么样：观音莲挂小崽了，开心；绯花玉开花了，开心；火祭满堂红了，开心！

"想当初你给我的，只那么一小截哎！"

想当初我给她那一小截紫玄月时，她还一个劲儿地摇头说，她一个大老粗，对养花没兴趣。而现在，每次看到养的一盆多肉有小小变化，她都会第一时间跟我分享。她说，真神奇哎，自从开始养多肉，好像生活中一下子多了很多开心的事！

情人泪

　　有一次，几个文学界朋友来做客，看见吊挂棕盆里长得垂垂蔓蔓的一盆情人泪，惊叹不已。有位女诗人摸着一粒粒翡翠绿的珠子，眼神透着无限柔情地说："怎么可以养得这么风情！"

　　的确，这盆情人泪养了近两年，当初散散落落、稀稀疏疏的一盆，现在这些珠子一点点饱满圆润，一点点挂出棕盆外，珠帘越挂越密盛，长成现在这样让我的这位女诗人文友抚摩良久，赞叹不已，它应该算是我近几年养的多肉里面令我成就感最强的一盆。

　　许多人喜欢叫它情人泪，但其实它的学名叫珍珠吊兰。

　　开始迷上多肉那几年，和花友们一起去花市，会去逛几家多肉店铺。当看到一家店门口廊下挂着十几盆栽在塑料小盆里的情人泪时，便毫不犹豫地买下两盆，回家后，特意选了这个圆形吊挂棕盆种下。

也是春天，春雨一阵接一阵，盆里翠翠绿绿的珠子叶片在阵阵春雨的催发下，长得欣欣勃勃。每每看到这些盈润饱满的珠子叶片挨挨挤挤地聚在盆里，便会想到白居易那句"大珠小珠落玉盘"大概就是为情人泪写的。

某一天，突然看到盆里长出蒲公英一样一朵极小的花，白色，紫红色花蕊。小花长在从叶腋中抽出的一根弯弯长长的茎上，小小的绒球一般迷你、可爱。过了几天，盆外也长了好几朵，清清丽丽地沿盆外缘垂挂下来。

第一次看到情人泪开花！

情人泪也会开花？发到朋友圈，惊讶一片。

植物世界太多神奇和未知，人类也实在是孤陋寡闻。

好在我有幸看到了。

可惜我那诗人文友没看到。要是她看到了，该又是一番深情感叹。

看到情人泪开花，便想起紫玄月的花，一样的长长的细茎托出一朵清新的小花。其实它们都是菊科这个家族的成员，都是多肉植物里的吊兰品种，那种垂垂蔓蔓的风情，养起来很有成就感。只是与紫玄月不同，任你怎么养，情人泪都是一盆矢志不渝的绿色，一如既往地清新养眼。

我的那位诗人文友，后来真的给情人泪写了首诗，她实在太喜爱这盆情人泪了。

情
人
泪

弹簧草

初秋的某个傍晚，给厨房窗户外花架上的几盆花浇水时，发现那盆被我默默"丢弃"在这里的弹簧草土面上抽出了几根细如发丝的线条形绿叶。

想到高温一天天过去，早晚也感受到丝丝舒服的凉意，又见到这几根绿叶从荒凉枯寂的盆里冒了出来，心头便涌上一阵惊喜。

将盆从窗外拿了进来，这个表面画着植物叶子的红色彩釉盆，是我专门给弹簧草配的。

春天从这个盆里开出一大丛淡绿色花，飞燕似的花缀在笔直的花茎上，而在这些繁繁密密的小花下面是一蓬乱发似的绿色卷叶。

面对这样一盆奇异的弹簧草开花，不觉忍俊不禁。

细看弹簧草的花，其实是极好看的。三瓣往下打开的黄绿色花萼，形似飞燕展翅，里面是同样三瓣的花瓣，不同的是，花瓣基本不会全部打开，而是半松软地包绕着里面的蕊。一朵一朵的花，垂挂在每一根笔直的花莛上，挨挨挤挤，好像一群叽叽喳喳相互对语的燕子，很是有趣。

作为风信子科的弹簧草，造型奇异俊秀，其奇特正在于它像弹簧一样卷曲的叶子。弹簧草是多年生鳞茎类植物，以我浅浅的经验，块根类植物都很好饲养，比如水仙、风信子、朱顶红、香雪蓝。这大概是因厚实硕大的种球比一般花草细疏娇弱的根更利于在泥土里扎根吸收养分的缘故吧！

秋天九十月份，把这些憨厚实在的种球埋进土里，露天放于大地阳光下，保湿、通风，隔一段时间去看看。探望的时间可能是半月，也可能是一两月（不要着急哦，块根类就是这样考验耐心），然后渐渐在这观望中，看到它们从泥土里钻出嫩嫩的绿芽，一点点抽枝、长叶。

窗台外这盆弹簧草，从四五月份开完花，花莛便开始枯萎，最后枯成一根根干草，被我一一拔掉。接着弹簧一样的卷叶也开始从顶梢渐渐变黄，直到一整盆都变成干草，某一天被我一把撸起，剪了个干净。这时威猛的夏天来了，弹簧草要休眠了，于是我把它移至楼下厨房外的窗台架子上。那里堪称"冷宫"，放的都是不当季、容颜已衰，不被主人宠爱了的主——其实是需要养精蓄锐的啦！

这个时候弹簧草真是难看极了。灰白且起褶的球茎半露出盆面，半埋于土里，仿佛千年丑面老妖，简直不忍一看。我自然是看惯了它的丑态，养了它几年，见过它开花时美丽动人的一面，对它的喜爱早已深入我心。

夏天向来是许多球根类植物的休眠季，我的韭兰、蓝铃花、龙爪酢、红花酢，早已被我从土里挖了出来，晾晒风干后，收藏在了抽屉里。弹簧草倒不需要这样烦琐，它只要一个阴蔽、通风的环境，静静养着它的内气。把它放到厨房的窗台外，其实是给予了它最舒适贴心的地方，当然不是丢弃它。

顺顺当当度过了酷夏，秋风一起，那些极有特色的弹簧似的叶子就从丑八怪球里长了出来。之后，每天都能见证它细细的卷叶一寸寸拔长，往外卷曲，每天都能见证稀疏的球面上越来越茂密的绿色，嫩如新生。

前几天来了一位朋友，这位朋友自从两年前打定主意要跟着我一起过种花的生活，每年春天和秋天都会来我家，淘些当季的小苗小枝回去种。这天给她剪了三个塑料袋的根根枝枝后，突然看到架子上这盆弹簧草。想到本来就打算要分盆，便从侧边轻轻挖了一棵小球给她。朋友自然是欢喜得不得了，拿了那三小袋的根和苗以及这棵已经发了叶子的弹簧草，兴冲冲回家，说当晚就去把这些宝贝种下。

弹
簧
草

绯
花
玉

　　大暑过后，便真正进入了酷夏，绯花玉被我从北露台闷热的阳光房移到了楼下北窗口。

　　我是最后搬绯花玉的，当时犹豫了一下。仙人掌科，沙漠里的强健植物，绯花玉远不同于其他那些我倾注了许多爱、精心调养的多肉，更像我房间窗台外的那盆仙人掌，留在这里，应该也没多大问题吧。

　　搬运分好几天进行。最后，架子上只剩孤零零一盆绯花玉时，我的犹豫立刻转化为自我谴责——即便原产于阿根廷安第斯山脉的绯花玉生命力如此顽强，在沙漠里也能生存无忧，如今既来到我家，于情深处，我也不能把它孤零零留在这空空的架子上，留在这闷热的蒸笼般的阳光房里。

　　于是绯花玉就这样被我一起摆放到靠北窗台的柜子上。

　　它终究是那样与众不同。一个浑身凹凸不平的圆球，长满了刺。这刺，又不像普通仙人掌那样细软，倒和绣花针一般，粗且硬。刺一根根从刺座里射出来，整个球，充斥着刺猬般的不可招惹之意。而这球，我实在不想描述它的丑陋，就像放大好几十倍的鸡皮疙瘩，然后圆滚滚地聚集在你面前，此刻只想到一个词可以形容——丑八怪。

某天吃晚饭的时候，落座时不经意转头，发现窗口柜台上的那盆"丑八怪"绯花玉顶端开出了五朵玫瑰红的花。此刻夕阳正好透过北窗口透射进来，金辉一样洒落在一盆盆多肉盆上，也洒落在这五朵璀璨艳丽的绯花玉上。

放下手中碗筷，吃饭着什么急呀？绯花玉的花一到晚上就要闭合，而窗外的斜阳也很快将消逝，我如何能够错过这样难得的美景？

雀跃地拿起手机一阵狠拍，想挑一张发朋友圈时，发现用影像合成的照片哪里能够表达我当下感受到的那份怦然心动！

五分钟之后，斜阳沉落了下去，窗口的金光消散，只剩夜幕前的灰蒙蒙，绯花玉的花也娇羞地闭合了刚才那一刻的绚烂。我安心回到饭桌，带着和刚才不一样的心境，和家人谈天吃饭。

绯花玉不是第一次开花，从进入初夏，就见绯花玉开过好几次。当时架子上其他肉肉一个个都长得欣欣蓬勃，开花的绯花玉簇拥在这些五光十色的小鲜肉中间，无非只是锦上添花。眼睛扫过一盆盆娇嫩欲滴的初恋、玉蝶、碧桃时，也只是一瞬间的感叹，"哦，绯花玉开花了"，甚而连去拿手机给它拍照似乎也觉得没多大必要。

可现在，绯花玉坚实挺立的圆球后面是一盆盆被酷夏的太阳晒得焦黑、软绵绵的"难民"，怨妇一般的愁容、日渐萎顿的惨状，与这盆开得绝色艳丽的绯花玉，简直是两个世界的呈现。

绯花玉不愧为多肉植物中的"夏种型"，也只有它给我这个焦虑的夏天一丝安慰。它（包括所有的仙人掌类）甚至颠覆我对植物界美的审定——有些美就建立在丑陋之上，可不要用世俗的眼光看它们哦！

其实我养了这棵绯花玉好几年。基本每年夏天，圆球顶端总要这样灿灿烂烂地开好几次，有时一两朵，有时四五朵；到冬天便藏精养气，收拢它惊世骇俗的绽放，抱着圆滚滚的奇特的球，安然休眠。

有时候看这个满身带刺的球，觉得还真是蛮可爱的。某天看到它的底部长出几个小球，心里便想着，等春天它们长得有点大了，掰下来分盆种下，有机会送给有缘的人。

想到这儿，便觉得这个夏天也不怎么恼人了。

雅乐之舞

　　无论从名字还是造型来看，雅乐之舞都美得别具一格。

　　某个周末的下午，邻家女孩到我家来，说是要对露台花草做个调查，大概是学校布置的课外作业。

　　小姑娘拿着本子，像模像样对南露台做了一番调查。看到有些认识的，她会很夸张地惊叹："哇，金银花开这么多！我家草莓也结了很多果子。这是虎耳草的花吗？真好看！白毛夏枯草下次给我一棵好吗？"（惊叹于她居然认识这么多）碰到不认识的，她会像好奇宝宝一样询问个究竟。

　　在北露台多肉架子上看到枝叶舒展的雅乐之舞，大概惊异于奇特的枝型，她便指着问我名字。

　　我告诉她，它叫雅乐之舞。

　　旁边是一盆金枝玉叶，枝型与雅乐之舞相似却也有差别，于是想考考小姑娘的观察力，问她："能看出这两盆有什么不一样吗？"

"金枝玉叶的叶子比较大，看上去绿一点。"小姑娘很快扫了一眼，就告诉我答案。

"还有呢？"我自然不满意这个浅浅的回答，希望她能说到要点。

小姑娘于是比前一次认真地在这两盆植物上扫了一下，但还是说不出所以然。

的确，五年级的小朋友还不会细心到俯身去深入辨别，雅乐之舞的叶与金枝玉叶的叶，何止是差那么一点绿。

同样属于马齿苋科马齿苋树，雅乐之舞是金枝玉叶的锦斑变异品种。

一般情况下，锦化变种都会比原生种生长缓慢，雅乐之舞的生长速度甚至不及金枝玉叶的一半。因为长得慢，它的肉质老株看上去更加遒劲，所以它还有一个十分贴切而有趣的名字——"花叶银公孙树"。而金枝玉叶因长势飞快，整株便显得碧绿青翠，与其名也十分相衬。

观叶，大概是许多多肉植物有别于一般花草的独特魅力了。

因独特的斑锦色彩，雅乐之舞的叶边缘有一圈粉色，这让一棵极普通的多肉树尤为迷人。

初生叶片的红晕大，随着叶片长大，红晕逐渐往后缩，最后，在叶的边缘变成一条粉红细线。

这可真有趣！好像雅乐之舞的叶片就是一个女子，豆蔻年华时，见客人来，娇羞地"倚门嗅青梅"；年岁越长，经岁月的磨砺，渐渐褪去了羞涩，变得坦然大方。

而金枝玉叶的叶看上去便显得单调多了，只能宏观地整盆观赏它碧青翠绿的造型，没有这么多遐想和况味。

"哦！"

当我仔细掰开雅乐之舞的叶，这样跟邻家女孩讲这两盆植物的不一样时，邻家女孩似懂非懂地作恍然大悟状。

不过，她倒没有问我为什么雅乐之舞和金枝玉叶这两棵长得小树一样的植物名字这么好听。

毕竟这么小的年纪，能这么当回事地拿着本子来到我的园子，刨根问底般追问眼前这么多目不暇接的植物，已经非常可贵了。

但如果她问我，我会这样告诉她："你看，长得娇娇嫩嫩的金枝玉叶，像不像皇宫里娇生惯养的公主？再看雅乐之舞，一片片粉红色小巧的美丽叶片，长在这些弯曲伸展的枝枝藤藤间，又像不像一群穿着古典衣服的舞蹈者，在古典器乐合奏的配乐下，优雅而快乐地跳着舞？"

　　栽雅乐之舞，盆须配得别致，最好是有着雕花的红陶盆或深褐色紫砂盆，显得古朴、典雅。盆身要高且瘦，至少不能很矮，得能撑起它经年下垂的枝条。基本养上两年，一盆雅乐之舞便已经很有型了。搁在书桌的窗台上、客厅茶几上，质朴而显得有些粗糙的肉质老株，仿佛已在深山老林里经历了诸多风霜，那份历经岁月的沧桑感，会让它面前的你油然心生崇敬，为它独特的形与色着迷而惊叹。

　　窃以为，于现今文人而言，养一盆雅乐之舞在书桌案台之上，其情趣，其格调，丝毫不逊菖蒲之于古代文人。

雅乐之舞

落
地
生
根

酷热盛夏，新手们得意地晒依然长得葱翠壮实的宽叶不死鸟，它果然够皮实，不愧叫"不死鸟"啊！

俗称"落地生根"的宽叶不死鸟，是不死鸟家族中长得仪态端庄、宽和稳重的一类。如果将窄叶不死鸟比作《红楼梦》里孤高自许、弱柳扶风的林黛玉，那宽叶不死鸟便是脸若银盘、容貌丰美的薛宝钗了。

先说说不死鸟家族，简单分为三类：宽叶，又叫落地生根；窄叶，因叶片有斑纹，因而又叫虎皮不死鸟；另外一种叶子长得棒一样的，叫棒叶。

这类多肉物种有一个令人讶然的特点：长到一定程度，无论宽叶、窄叶抑或棒叶上，都会爆出一排密密的令人惊叹的小芽崽。将这些小芽崽掰下种到土里，棵棵能活。这种奇特的繁殖法让景天科的不死鸟成为多肉界的奇葩。

这些小芽崽在植物学上有一个专用名——不定芽。

从春天开始，宽叶不死鸟翠绿肥厚的叶片上密密麻麻长出蕾丝一样的不定芽，婴儿般憨萌可爱，好看得有点传奇，有人便给宽叶不死鸟取了另外一个好听的名字——蕾丝姑娘。

春夏之交时，这棵蕾丝姑娘长得很壮实了，简直就像农民地里的一棵包心菜。包心菜的叶还要更薄软呢，而蕾丝姑娘的叶柄结实粗壮，叶片肉质肥厚，杵在盆里，简直就像健硕强壮的英国妇女。事实上，它属于景天科的伽蓝菜属，看这模样儿，原来也是跟菜沾了点边的。

如果要繁殖这种宽叶不死鸟，根本不用特意去掰叶缘的不定芽，浇水或搬盆时随便不小心一碰，这些不定芽就会掉落，以至我每次给它浇水，都要比对别的盆更谨慎。事实上，即便我已经如此小心翼翼，每次还是会碰掉几棵。

这些被碰落的苗，有时落在盆里，有时"叭"地落到盆外。尽管因为它落地就能生根的贱性，已经让我无法像对别的多肉一样珍爱它，我还是会把掉下的这些小苗捡起来丢进盆里。尽管那么小，毕竟也是生命啊！

于是，不消多久，盆下面便密密集集又长出许多小的落地生根，每每在清理园里的花草时，见到这些散落的、随处各地扎根入土的落地生根，就会想到那位大半生都在外面漂泊的诗人苏东坡。

宽
叶
不
死
鸟

苏东坡一生仕途崎岖坎坷，瞬息万变，从入仕后似乎一直都在漂泊，"我生如飞蓬"，他把自己比作飞蓬。但是，苏东坡又好像从来没有被命运打倒过，就像这落地生根，飘落到哪儿，就随遇而安扎根到哪儿，总会在逆境困窘中寻找到属于自己的生活乐趣。

苏东坡在杭州，被西湖的湖山美色陶醉，经常泛舟湖上，常去登孤山、凤凰山，于是便留下那首《饮湖上初晴后雨》的不朽绝句。在黄州，他又于无钱、无房、无粮的困境中研制出美味的"东坡肉"；开荒种地，自得其乐，在东坡旁筑"东坡雪堂"书斋，从此自号"东坡居士"。甚至在荒远的岭南，在苏东坡眼里，"岭南万户皆春色"，有浓绿的草木和丰沛的亚热带水果，绝不是个不适合生活的地方，他竟然创造出"日啖荔枝三百颗，不辞长作岭南人"这样令人羡慕的诗意生活。

的确是命运坎坷啊！但是，不随遇而安，不在悲苦的生活里唱出诗来，又能怎么样呢？

就像这落地生根，谁不想做"蕾丝姑娘"，一朵朵美丽而整齐地缀在叶片上，像一件艺术品，呈现在看花人眼前？可是命运总是像一只无情的手，硬要把它们从安稳和完整中打落。落叶生根偏偏从来不肯向命运低头，于是，那生命的根，便无比顽强地，抓住哪儿是哪儿，无所顾忌，所向披靡。

姫星美人

自从养了多肉，就发现这个圈子里"美人"众多。

我细细罗列了一下，曾养过的有桃美人、冬美人、星美人、青星美人，没养过的有醉美人、灯美人、月美人、胖美人、京美人，之前听也没听说过的有鸡蛋美人、三日月美人……

而我今天要写的是另一位"美人"——姫星美人。

简单归类一下，以上的那些美人都是景天科厚叶属，而姫星美人却是景天科景天属。

它们都在景天科这个大家族里，只是分支不同而已。就像古代大户人家，大老爷底下生出两个儿子，而这两个儿子又各自生出他们的儿子……

养多肉就是这一点比较烦心，分支太多，彼此又长得极其相似。我非常佩服身边那些大咖，随便发去一张图片，张口就能说出其名，甚至能说出某某科、属，简直要让我崇拜到不行。对于多肉，我一直稀里糊涂地养，喜欢它们岁月静好般的容颜和静水流深般缓慢的生长势头，觉得，在它们身上，光阴就是那么一寸一寸地过，美极、妙极！

而要去记它们的名字，这就像要用力去记那些中药名一样，令我痛苦，极大减少了莳养的乐趣。

所以，我只有在要去写它们时才像模像样去研究其身世渊源，才把自己武装成知识渊博的样子。

再说姬星美人，为什么众多"美人"之中我偏要写它？

首先，它的名字好听。一个"姬"字，就囊括了所有美人的独家气质：古典、婉约、贵气。在古代，"姬"本身就是美人的代称，虞姬、蔡文姬都是古代勇敢且有才情的女子。

其次，姬星美人长得实在太符合美人的气质。窃以为，能称得上美人，在气质上一定要是温婉、灵秀、静雅的。前面的那些"美人"虽也都长得各有风味，但就是没有姬星美人这样让人感觉更有美人气质。

像许多景天属植物一样，姬星美人是一种小型迷你多肉品种。颜色翠绿、针尖般纤细的茎上，一朵朵脆嫩叶片绵密而欢欣地簇拥着抱团生长。肉质的叶，密密缀生在茎上，一盆欣然旖旎的姬星美人在你面前，阳光下透着清纯、柔婉，你会觉得初生的婴儿也不过如此惹人

姫
星
美
人

怜爱啊！

姬星美人还会随光照不同而变化其风韵。好像大多数多肉都有这样的本事，光照对于它们，就好像一根魔术棒，其变幻的精彩程度，掌握在太阳这个魔术师手里。

当光照不足时，姬星美人呈现翡翠绿，且节茎伸长，姿态舒散，甚至伏挂下来，不胜娇弱的模样。而当光照足够时，姬星美人随即变出极迷人的蓝粉色，那是因为充足的光照使叶片边缘显红，而且叶间紧凑，匍匐生长，一副老成的风韵，与之前的舒散姿态完全不是一个味道了。

这真的很有趣。如果我喜欢它的翡翠绿、婴儿般娇柔的姿态，就让姬星美人少晒太阳，可以放在书桌窗台上，只留给它透过玻璃的散射光，它便娇娇柔柔给我一片清新养眼。我也可以再种一盆，就让它敞开在阳光下露天养，兴起时便跑去露台，看它被炙日晒出成熟的风韵，犹如一个少妇，安静而温和地对着你浅笑。那笑里，藏着它与岁月的和解和历经尘事的安然。

姬星美人的生命力特别顽强，作为护盆草，只要有一小棵苗沾着了土，这片土，便成了它蓬勃生长的基地。不怕旱，不畏晒，没人管也无所谓，那棵脆嫩的小苗兀自在泥里扎根、生芽，不消一些时光，你会惊奇地发现，咦，怎么这个小盆里也长出一大片来？

甚至在酷暑炎热的夏天，主人因不敢多浇水，盆里的茎几乎已经枯成了干草堆，但在那一根根枯茎顶部依然有着一点点嫩绿，让你看到生命的微光。掐下那个嫩绿的头，继续把它按进泥土里，那生命便施施然地扎根下来，待到进入秋天，便又是一番欣欣向荣。

谁说美人生来娇弱？

姬星美人，它用娇弱的姿态，诠释着"美人"也坚强得很呢！

子
持
莲
华

　　进入八月的尾声，天气便一日似一日地凉快。傍晚给露台上的一盆盆花浇水时，已经不像夏天那般燥热难耐，抬手低头的刹那间，竟有丝丝清凉的晚风拂过脸颊，让人感觉说不出来地舒适和平静。

　　经过一个夏天，肉肉们死了一大半，从一开始的心痛到慢慢接受，发誓秋天再入、重养，便不再对那几个架子上空空的盆伤感了。

　　也有熬过来的，比如这盆子持莲华。

　　当看到盆里延展了很大一片的子持侧芽，内心着实欣喜了一阵。秋天是子持的生长季，它这算是苏醒过来要开始疯长了。

　　就像它如此美好的名字一样，景天科瓦松属子持莲华的株型，也是美得让人爱不释手。特别喜爱莲花状多肉，对最典型的观音莲，也是养了很大一盆，一朵朵莲座形模样，挤挤挨挨在一起，好似一个个温婉秀美的女子，又带着禅意，让人宁静。

比起观音莲，子持的株型更小巧玲珑，叶片更薄嫩柔软，这是从外观上说的；如果从内在气质上说，子持是小鸟依人、小家碧玉型的，娇柔到让人我见犹怜。

我还记得第一次在花友青家见到它养的一盆子持，简直是人间尤物，青把子持最美的状态养了出来。子持最美的状态，不是满盆皆是八爪鱼般侧芽丛生，而是一朵朵矜持而柔婉地各自依地而生，像一朵朵饱满却不怒放的小小莲花，少了张扬跋扈，多了低敛、宁静。

无论论经验还是对子持的挚爱，青在花友圈里，算是骨灰级元老。她掌握了子持最恰当的饲养养法：光照充足、适当控水。在种花圈子里，青是一个神奇人物，总能让她手下的花花草草服服帖帖按她心下的希望生长，她也知道怎样才是花草最曼妙的姿态。这是青多年摸索的经验，也缘自青的用心、不随便。

青从她另外的盆里挖了一捧送我。很快这一捧子持在我家也发了一大盆，只是我没有青养得那样精致。春夏秋冬，基本就将它们放在北露台铁架子上露天养，任雨灌风打，子持们一朵朵随季节舒展、缩紧，再舒展、缩紧，但总会在你似乎对它们无有期待的时候，绿绿嫩嫩意外地在你眼皮下出现一片惊喜。

子持是夏种型多肉，冬天是它的休眠期，这个时候的它像百变女孩，在秋天时舒展的所有绿叶突然奇幻地不见了。再仔细看时，它早已像山地玫瑰一样，将自己紧紧蜷缩成一朵朵很有趣的小包心菜的样子。不知道的，以为子持这是没了精气，要被冻死了。其实不然，子持极耐寒，霜也冻不死它呢！它只是顺了秋收冬藏的自然规律，耐过冬天的萧瑟和酷寒，等春天一到，所有包裹起来的叶，便集体苏醒一般，齐刷刷地全部打开，而且侧芽不断地长出，整整一盆春意盎然啊！

原产于日本北海道的子持莲华，就像日本一位博士牧野富太郎给它的命名寓意："子持ち（こもち）"意为"有孩子"，"莲华（れんか）"意为莲花。这些看上去张牙舞爪的侧芽，也是子持莲华的一大特色。而且这些长出的侧芽碰地就会发根、群生，其萌发力，跟落地生根可有得一拼。

我经常会在植物面前生出自己既无知又渺小的感慨。真的！且不说浩渺的大自然有多少神奇我们没有见证、领略到，就是我这小小的园子里这几盆寻常普通的植物，就足以时时让我喟叹。

据说子持也会开花，而且开得很生猛，开一串和瓦松一样的大柱子花，还有香气，能招蜂引蝶。

但我的另一花友山水告诉我："千万不要让子持开花啊！一开花就死。"

肉肉之舞

子持莲华

"那怎么才能让子持不开花？"开花是植物的本性，就像人类要进行性行为一样，花是植物的性器官，就像美国植物作家特里·邓恩·切斯在《怎样观察一朵花》一书里写的："花儿虽然多种多样，或奇异或美妙，或性感或优雅，它们终究还是植物世界借以存活的最具谋略的手段。"怎么能阻止这么重要而且自然的行为呢？我的疑问里，其实是带着掷地有声的反问的。

"出现花苞了马上剪掉。"说养多肉是一件矫情事的山水理智而决绝的回答让人无言。

如果我的子持莲华真的要开花，我，会把花苞提前剪掉吗？

既想让这盆被我养得有点风味的子持继续在我园子里展露它温婉秀美的风味，又想一睹传说中要夺了母株之命的花，这，可真是件两难的事啊！

黄花照波

暮春的某一天，下班回家，照例先去露台巡探。

正是落日熔金，暮云合璧时分，北露台扶拦外，安静内敛的多肉架子上，黄花照波开了几朵雏菊般的小黄花，十分惹人注目。

养多肉四五年，每年多肉都会在炙热的夏季接连着壮烈死去一大批，而黄花照波一直像忠诚的卫士，不离不弃、不伤不残地，坚强挺过一个个恶梦般的酷夏，在我的园子里，傲娇地生存下来，而且，叶子一如既往地葱绿、秀挺。

有时候我觉得黄花照波简直不像多肉植物，至少不典型。你看，它碧绿的针尖似的叶从来不会变色（许多多肉会随光照多少而变色，如初恋、虹之玉、紫玄月，变色后别有韵味），甚至底部也从未见有枯萎的老叶生成，那些坚挺的绿叶只会越来越多地向外拓展出一派葱笼景象。

再者，它不能叶插（叶插是大多数多肉植物的繁殖方式），想要让它繁殖扩大规模，只能分株培植。许多肉迷都喜欢叶插，静待一片单薄的叶子顶部一点点长出小芽，在时光机缓缓催生下，渐渐变成一株小苗。然后母叶逐渐干瘪、萎缩，小苗逐渐茁壮、健挺，直至原本肥润的母叶萎缩成一片枯叶，小苗扎根在泥里完全长成型，仿佛亲自孕育出了一个小娃，这个过程，肉迷们很为之痴享，超有成就感。

而黄花照波的繁殖就像它的生长一样爽快利索，从原盆植株间连根挖出一株，分种到另一盆里，不消多日，这株黄花照波便在新盆里又长成一大丛。

属番杏科照波属的黄花照波，原生地南非，名字却跟子持莲华一样源自日本，因为喜太阳、喜光，一年四季都可放在室外。有人将从南非带来的土壤样本进行化验，分析后得知，番杏科植物在南非原生地的土壤极其贫瘠，在普通粗沙里加少量泥炭土、蛭石，就能够保证植株两到三年的生长需要。无怪乎，在江南这样的富腴之地，于黄花照波便像踏进了衣食无虞的富贵人家，经历过那样严酷恶劣环境的磨砺，这样的温室，简直就是天堂啊。

所以，番杏科可以说是一类"懒人花卉"，既养护简便又容易繁殖，既可以观花，又可以赏叶，是目前除景天科之外，又一广受欢迎的多肉植物品种。其中大部分体形小巧、花色艳丽，肉迷们极喜爱的屁股（生石花）也

黄花照波

是番杏科的一种，因其会蜕皮这一奇特个性给肉迷们在莳养上带来许多乐趣。

黄花照波开花一般在午后，在日本因是午后三点左右开，所以又叫三时草。像绯花玉一样，花朵到了晚上便自动闭合，所以要看黄花照波的花，得赶在午后和傍晚之间。所以，那段时间，每天下班回到家，我便会迫不及待地跑上露台，看黄花照波在夕阳西照下开的花，从碧青油绿松针似的叶子上开出散射状花朵，烟花般灼灼耀目，让我忽而眼前一亮，就那么一会儿，一天的疲乏瞬间一扫而光。

想来这盆黄花照波应该还是最初种多肉时买的。初入坑时很有自知之明，买的都是大普货。如今几历春夏秋冬，似乎当时一起买的其他多肉都不见了踪影，只有这盆黄花照波一直陪着我，见证一个种植爱好者这几年的痴迷、沉沦。她从新奇莽撞地走进这个小世界，一点点为之痴为之狂，不分昼夜无有晴雨地在一个个盆和土面前，倾注她无处落定的爱与深情。在这个美妙的过程中一盆盆多肉来的来，去的去，终也没有永在的，而真正让她得到且为之感恩的，是一颗逐渐沉下来的越来越宁静的心，以及对生命更多的挚爱和敬畏。

而这盆一路陪伴过来的黄花照波，更让她明白，真情总在朴素、无声的陪伴中。

碰碰香与迷迭香

《红楼梦》第十九回里写，宝玉午后去看视黛玉，与黛玉一床而躺，小儿无赖般闲聊，忽闻一股幽香从黛玉袖中发出，令他醉魂酥骨，宝玉便一把扯住黛玉衣袖，要瞧里面笼着什么香物。

黛玉笑，寒冬腊月的，谁藏什么香啊！

宝玉不信，说这香的气味奇怪，不是那些香饼子、香袋子的香，一定拉过黛玉衣袖，闻个不住。

春天的某一天，我照例在露台巡视，发现那盆去冬萎靡萧索的碰碰香满盆泛着绿意，极嫩的肉质枝叶紧紧密密地挤在一起，小婴孩般娇嫩可爱，忍不住伸手去碰一把，把手凑到鼻子下，一股清洌的"苹果香"溢满鼻尖。

园子里有两盆"暗香"，仿佛黛玉身上似有若无的香，不特意去寻找便闻不到，得像宝玉拉过黛玉的衣袖那样，拿鼻子凑近前去，或者，摊开手掌去"抓"一把，才能闻见它们暗藏的香。

它们是碰碰香和迷迭香。

从四月开始一直到五月中旬，北露台的紫藤、南露台东南角的金银花，一拨一拨地散发浓烈的香气，把露台园子熏得仿佛整个世界都在一团香雾之中。

而我的两盆碰碰香和迷迭香却从来不曾如此高调张扬，但只要你想起，就随时可以抓取到它们的香。

法国作家卢梭在《植物学通信》里面写过，唇形科的大多数成员，要么是好闻的芳香植物，要么是难闻的臭味植物。

而碰碰香与迷迭香，恰是唇形科里好闻的芳香植物。

给植物分科，大抵根据它们开的花。我种的这两盆"香"，从未开过花——事实上碰碰香和迷迭香确实很难养到开花，我只在花友青家的花园里见过一眼，当时不曾仔细看，因而只能想象它们的花与同属的薄荷、蓝天鼠尾草开的花大致是一样的，典型的唇形花瓣，迷你雅致，呈穗状。

不过，凡养花的人似乎都不曾期待这两种植物开花，只希望枝枝叶叶长一大蓬，然后有事没事伸手去胡噜几把，再放到鼻子底下，闭上眼深深浅浅闻上一闻。当一股沁人心脾的香钻入鼻孔时，顿觉整个世界清朗幽淡。对，要的就是这份神清气爽、舒舒服服的感觉。

含蓄内敛大概就是独属于碰碰香和迷迭香的香的特

迷
迭
香

性，不像茉莉、白兰、金银花，一开，香气就弥漫全世界。

非得要去碰它，非得把鼻子凑到近前，它们才把香倾送给你，要说它们清高吗？我觉得不是，它们只是不张扬而已。

说起来碰碰香发出香味的原因，与含羞草"害羞"的原理相似。当叶片受到触碰的刺激时，碰碰香叶片里面用于透气的气孔被打开，一种易挥发的带有苹果香味的物质就顺着气孔扩散到空气中。其实平时碰碰香也会发出微弱的香味，只是这种香味淡到不容易被人察觉，当它的叶片受到触碰时，香味才变浓烈，让人误以为只有碰触才能闻到香。

而作为一种天然香料植物，别名又叫"海洋之露"的迷迭香，是因纤细的叶子表面有大量细微的芳香油滴，一经触摸，油滴破裂，香气便沾到人手上，或哗啦啦弥散到空气中，才让你感受它醉人的清香。

有一天给花们浇水，猛然间发现角落里那盆我时常要顺手去胡噜一下的迷迭香整盆细叶干枯焦黄，竟没有一点绿意。惊诧间想到，是因为这个夏天太炎热，迷迭香就像传说中一样刹那间整盆枯死，连一点抢救余地都不留给我，真是让我意外到伤感。

再去看碰碰香，经历了一个酷夏也只留了零星几个绿头在盆里，看上去那样纤弱无力，原来也是茂密的一

碰
碰
香

盆啊!

迷迭香算是没得救了，碰碰香还好，留得青山在，凭我的经验，秋天的温凉舒适会让它继续蓬勃生长，过不了多久，又将是紧紧密密的一盆翠绿了。

当凹叶景天遇到红枫

在余姚的四明山，枫树是一景。山下山上，抬眼便被成片枫树的红色迷醉眼。山下的人家，也都会在自家门前很壮观地摆出一溜枫树苗，主人在路口热情招呼游人——"要不要买盆去？"

那年我爱上摄影，跟着一群摄友到处疯跑。就在我们的大巴车启动要离开前，一位村妇扒着汽车窗户，向我们兜售枫树苗。黑色方形盆里，小小的极有型的枫树苗很是惹人喜爱。我便买下两盆，带回家来。一盆送了朋友，另一盆，种在一个闲置的青花瓷大盆里，放在北露台一角。

北露台除了铁架子上一排露天养的多肉小盆，还在紫藤架上吊了十几盆垂挂的多肉，凹叶景天便是其中一盆。

秋天，凹叶景天开始变黄，枝条也变得脆弱易折，浇水时不小心一碰，便掉下一截。

捡起那掉在地上的一截枝条，是扔还是放回原盆？

愣怔间，看到脚下的红枫已从当初的小苗长成了形，但那青花瓷盆实在太阔绰，盆里便显得十分空旷、寂寥。正好，收了这根无去处的枝条吧。

于是就那么一随手，将凹叶景天扔在枫树的盆里。

这只是一个毫无预谋临时起意之举，料没想到数月以后，竟然出现一片意想不到的风景。

那是初夏的一个黄昏，我走进北露台，五点多的斜阳，正好从西面繁华的街市高楼那边十分温熙地洒落到北露台紫藤架下的众多植物上。也就在那一刻，我突然惊喜地发现，长得半人高的枫树下，凹叶景天竟然已经长得葱郁繁盛，翠绿的枝叶不仅覆盖了原来空寥的盆面，还四散垂落地伸到了盆外，而且开了花，一小片明黄色细细碎碎的小花。

那余晖也正好洒在这些小花上，一朵朵极清丽、明媚，簇拥在红枫底下，好像一群穿黄色舞裙的俏佳丽簇拥着一位威武倜傥的将军。

枫树已经长得很高挺健壮了，舒展的枝叶如一顶华冠，遮蔽着这蓬葳蕤葱翠的凹叶景天，以及这一簇簇黄色的小花。

立刻拿来相机，对准光影下的这些小花，一阵猛拍。

其实我应该能够想象到，作为多肉界一个庞大家族的景天科，即便一根单薄脆弱的枝条，只要给它一块土

枫
树

壤，它就能把生命力爆发到极致。

作为景天科里最皮实的品种，凹叶景天原本就生在野外，石板石缝就是它们的生发之地，"九月寒""打不死"这些别名，早已证明它们能够随处扎根的蓬勃生命力。它还有一个别名叫"石雀还阳"，是因为长得圆嘟嘟的叶片顶端有一个小小的凹陷，看上去很像雀的舌头，再加它坚韧野性的品性而得名。

事实上景天就是一种铺地草。细数我所拥有的景天科多肉，姬星美人、薄雪万年草、垂盆草、佛甲草、小球玫瑰……哪一个不是生命力极其旺盛？它们不娇不矜的个性，真是让我们这些种花爱好者喜爱。

我也应该能够想象到，凹叶景天和枫树——一个家养的多肉品种，一个大山里的高大乔木，因为生长习性不相冲突，也完全可以和谐地共处一室。深根植物枫树和浅根植物凹叶景天汲取养分的渠道不同，一个根往深处扎，一个只需浅表的土壤滋养即可。况且凹叶景天又是喜阴植物，越来越茂盛的枫树叶好似一把大伞，倒成了它很好的庇荫之物。

时光深处的馈赠

"端午临中夏，时清日复长。"日子进入初夏，白昼渐长，下班回到家，总会先跑去露台，看北园的那一架多肉。

五点多的时候，阳光正好如怀旧电影般，温柔地落在架子的这些小盆上，仿佛给这些安静默然的多肉披上了一层暖晖。

黄花照波正好开了四五朵小烟花，绯花玉头上顶出了三四朵别致的胭脂红，油点百合蹿出两根绿色小花穗，凹叶景天铺了一地的黄色小花，这些开了花的多肉，在落日余晖映照下，却比往日更多了几分韵味。

即便没有开花，经过一个春天润润的滋养，原来颓萎、干瘪，一个个好似饥荒不饱的样子，如今早已变得珠圆玉润，丰腴饱满。

曾经几个月前还是几片单薄的叶片，此刻魔幻般变成了一棵棵嫩生生的小芽苗。有的芽苗紧紧附着原生叶片，有的原生叶片已然干枯、萎缩，而芽苗独成一枝。看着这些萌娃一样的芽苗，你会觉得生命真是奇妙得无可言说。若非亲历，又怎么能相信，它们曾是母株上不小心掉下来的一片叶子，只是被我顺手安放在泥土上。

养多肉的妙处在于，没有跌宕起伏，只有波澜不惊，于时光深处静静收获时间所给予的馈赠，渐渐地，你会觉得，日复一日的平常生活，也充满了希望和美好。

端午的小长假里，偷闲看了一部电影——《帕特森》，很平淡的调子，几乎没有剧情波动，画面更谈不上惊险刺激，却在初夏午后近两个小时的沉浸后，内心涌动着温柔。

影片叙述的是公交车司机帕特森一周的生活，从周一到周日，七天的日子，就像我们现实中每一个世俗的人一样，一成不变的生活节奏，平常到平庸。

但是，因为帕特森写诗，就让这电影有了光亮，也让帕森特的平常生活有了光芒。

每天六点多起床，帕特森去上班。在开车前，帕森特会打开笔记本，写下一行行即兴而起的诗。那些诗或平淡，或浅白，但都是帕特森内心情感的涌动。工作时间一到，帕森特就发动车子，开始他一天做司机的工作。

开车没有影响他每一次有灵感时的火花闪现，写诗也没有打乱他按部就班的职业生活。

日复一日的生活或许是我们每个人都要面对也是每个人都想逃避的，但帕特森因为写诗，即便每天朝九晚五重复着乏味刻板的生活，依然能在这些生活中看到充满温情的片断，这些片段犹如光，照着他看上去并没有多少希望的未来。

就好像我们过厌了没有多少新意的日子里，因为种植多肉，突然就注入了许多希望和期待，亦带来许多意外惊喜和美妙。

对一棵新种下去的多肉苗，在很长时间里，它几乎没有变化。你每天去看它，没有新的芽和叶发出来；你隔几天再去看，它依然仿佛最初栽下去时的样子。当你几乎已经对它失望，不想再去看它时，偶然间的一次，你发现，它有变化了，叶片似丰硕了些，株型也饱满了许多，甚至，侧株有很小的新芽冒出来。再仔细看，它的颜色变了，原来绿的有点红了，原来红的有点紫了，看上去更有质感了。再过一段时日你又会惊奇地发现，某棵肉肉中间蹿出了一根细长的花箭，花箭头上顶了一串花苞，有的已经开了，小花相当雅致，像一串小铃铛——美丽的小铃铛。

它们就这样跟你捉迷藏似的，一点点给你带来惊喜，慢慢俘获你的心。

而你也在跟它们日复一日的长久陪伴下，落寞的、灰暗的甚至厌倦的心，渐渐被喜悦、宁静充满。你相信，有一种力量，藏在安静中，似无声无息，却暗流涌动，就像听一曲古筝《云水禅心》，平静、缓舒，却自有一股安静的能量蕴藏其中。

你也终于明白，有些事，急不得，要到了点，才会来。

养多肉，好像看一群身怀绝技静静藏在高楼深闺里的古代女子，终于有一天，她们将一身的曼妙舞姿在拨弦弹唱中展露。

影片中，每天早晨起床，帕特森和妻子劳拉深情吻别；晚上带斗牛犬马文出去散个小步，和酒吧老板聊天；下班路上遇到一位写诗少女，被那几句"水从明亮的空气里落下，如发丝一般落下，从伊人的肩上落下"而感动；在吃午饭的休息时间，给妻子写《爱之诗》，那是因早上在家里看到的那盒火柴而来的灵感。

帕特森和我们每个人一样，每天做着一份并不惊天动地甚至算是平庸的工作，而因为每天写诗，帕森特的内心充满这些浪漫和美的基调，让他能够时刻捕捉到生活里的这些美好。

在有多肉陪伴的日子里，是这些安安静静的多肉带给我庸常生活里许多滋养，让我在面对沉重且烦琐的俗世生活时拥有一份不慌不忙的力量。

后记

憩园，
不只是一个露台花园，
更是一种生活方式

　　我的湖州文友淡淡蓝，有一天在微信里向我抛来十个问题，郑重其事说要采访我。我思考了一下，答应了，然后告诉她晚上回复。

　　晚上，我把自己关在房间里，按着她那一长串的问题，几乎没思考多久，凭着第一感觉，回了一长串语音。

　　我们就这样自娱自乐了一回。

　　　　白居易《消暑》一诗云："何以消烦暑，端坐一院中。眼前无长物，窗下有清风。"

　　　　古时无空调房可避热，大暑天只有端坐院中吹吹窗下清风。那窗下清风也没有多少凉意，其意说的是心静自然凉。

　　　　久蛰冷气屋里，偶尔也会出来透个气，坐在前园后园间的小客厅里，看外面耀眼的阳光下那些打蔫了的花。……

　　而似乎只有那几盆太阳花……依然精神抖擞，一副晒不蔫的挺拔怒放。……

　　这是若狂在处暑那日，为她的太阳花写的一篇节气文中的一段。

　　若狂，这个自诩为"城市农妇"的女子，在城市的钢筋水泥房子中拥有一座顶楼的露台，她把那里一点点打理成一个空中花园，花园里四季花开不断，她给它取名"憩园"。

　　她在她的憩园里种花、读书、听音乐、写文字，也喝茶、会友，她给她的花儿拍照，记录下一朵花从出芽、抽枝、蕴蕾、怒放的生命过程。

　　"养花种草，不是目的，是为了给闲淡的女人去看清晨的露。"她享受这个过程，又在这个过程中渐渐品味到生活的真意。

淡淡蓝：花草怡情，是什么样的契机促使你打造了这个空中花园？

　　我：正如罗马不是一天建成的，空中花园起初也并非我的计划。

　　大概是2012年吧，感觉在论坛玩累了（和淡淡蓝也是在混论坛时认识的），想静下来做一些简单的事情，淡出网络，于是，开始在露台上种花草。之前，当然也一直有种，但都是三天打鱼，两天晒网。我的个性是，如果真正喜欢一件事情，就会非常执着、入迷。

头几年，真的像花痴一样，去结交花友，请教经验，参加花友们聚会。杭州城里所有的花市我都逛了个遍，还在网上一盆盆购买，去花友家里分享枝苗扦插。渐渐地，露台不够放了，才想着是不是重新规划一下。然后开始设计自己喜欢的格局，露台就渐渐变成现在空中花园的味道。

淡淡蓝：从一个空无一物的阳台，到郁郁葱葱的花园，你用了多少时间？

我：从一个一无所有的空旷阳台，到如今浓荫繁盛、姹紫嫣红的园子，我用了四五年时间。

这过程，漫长却有趣。

刚入迷的时候，见到马路边或者哪个园子里、路边人家的窗台下有我家里没有的花草品种，就会忍不住像小偷一样，四顾左右，趁没人时迅疾下手（随便拿人家东西毕竟不雅观），哪怕是采个枝条或者叶子，也会喜滋滋拿回家插起来。

记得一个月黑风高的夜晚，我去楼下小区偷剪迎春花枝条，拿着黑色塑料袋和剪刀，特意等到晚上九点半之后，和老公开始行动。老公负责望风，我负责偷剪，迎春花的枝条很难剪，费了好大的劲儿，才剪回几枝。

现在，迎春花在我家的北园和南园开得很茂盛，每年的早春，碧绿的枝叶间冒出一朵朵黄色的迎春花，都会最早带给我春的气息。

而我一想到这片垂垂蔓蔓的迎春花曾经是这样来的，就会觉得很有趣。

淡淡蓝：怎么想到给你的花园取名"憩园"？

我：文艺女青年就是爱折腾嘛！

当露台小有规模之后，我就想，人家有豫园、拙政园什么的，我也可以给我的花园取个名字呀！

自从有了这个露台花园，只要是在家里，一有空我就待在园子里，听听音乐、修剪花枝，这时候心就非常宁静、放松。

我想，真正的休息，应该是心的放松，而我在园子里，就时常是这种身心休憩的感觉，憩园的名字就那样冒了出来。

淡淡蓝：在你的公众号"花间小筑"里读到你给憩园花花草草写的二十四节气文，真是非常棒！你是怎么想到的呢？这系列的文章还打算继续写吗？

我：正好那段时间开始学摄影，买了单反，边养花边拍照，种花时的心情也不禁会用文字记录下来。

每当我把镜头对着一朵刚刚绽放的鲜活灵动的花时，想到此刻的美只我一个人在感受、在欣赏，而它们过几天就不见了，就觉得有点遗憾。

我喜欢分享，也喜欢尝试新鲜事物，于是，就开了"花间小筑"公众号（后来改为"花间憩"），把我一个人在园子里种花、赏花、写花的生活用文字、图片的形式，在公众号里分享给大家。

通过这样的记录，不经意间积累了许多的文字，也收获了一些喜爱和崇尚这种生活方式的粉丝。

在种花的过程中，我特别能感知天气的变化。春暖后，看着各种花次第而开，一天天蓬勃，秋凉后，又看它们一个个枯萎，直到叶子掉光，整个园子一片清寂，那种季节轮回的感受非常触动我，这种触动在种花以前是从来没有过的。

种花让我对节气非常敏感，哪个节气到了就会开什么花，宇宙的自然规律完全不受人为影响，于是我开始针对每个节气那几天开在园子里最应景的花深入书写花的故事、我的情感。这样的书写让我有了一种坚持，把二十四节气的花写完。

我的一个花友绝色曾经对我说："你是我们花友圈中最爱写也最会写的，希望你能把我们花友的生活写出来，传播开去。"

这句话深深打动了我，因为这也是我心里想的。

我想通过这样的方式告诉忙碌的现代人，有一种生活叫阳台种花，回归自然、回归本真，简单、美好、纯粹。生活未必一定要做有用的事，也可以做些无用但非常滋养身心的事。

淡淡蓝：作为"憩园读书会"的创始人，你的初衷是什么？

我：通过朋友圈的分享，让我的憩园在当地小有名气（当地电视台、报纸都曾采访报道过）。不仅身边的朋友都很想参观这个小园子，连远方的一些文友也非常向往我的生活。

最早我发起过一期"憩园旗袍会"，几个女友，穿旗袍在憩园喝茶、赏花、聊天，感觉非常美好。于是我就想，能不能再深入一点，朋友们在赏花聚会的同时一起聊聊读的书。"憩园读书分享会"就这么开起来了。

初衷很单纯，在做的过程中却发现意义非凡。

因为，大家都深刻体会到，在这样共读一本书、交流分享心得的过程中，彼此都得到更深层次的滋养、成长，还能交到志同道全的朋友。通过参加一场场分享交流会，一群原本不认识的人聚在一起，分享各自生活之美，彼此竟成了朋友。为此我很感动并自豪——原来我在做一件这么有意义的事情。

淡淡蓝：最近几期的"憩园读书会"是和户外瑜伽结合在一起的，但你也没有做过多的宣传。想知道参加的人多吗？

我：那是仲夏之时，七八月的露台是热得坐不住的。原本想夏天就暂停两个月，我的一位喜欢瑜伽和另一位做心理咨询的朋友给了我灵感，我们可以去户外啊，做瑜伽，然后分享读书。

我没有做很大宣传，只是在公众号上发起活动消息。我们要的是实实在在的收获，这本来就是一件拒绝喧哗的事情，如果搞得像一个盛大的聚会，就远离了我的初衷。我不希望参加的人只是走马观花，一时兴起看个热闹，这不是我想要的。

事实上，这样的方式非常好。我们一早去湘湖，练完瑜伽，大家一起在湖边席地而坐。早晨的湘湖宁静、空灵，我们就这样在一个周末的早晨，在幽静的湘湖边分享交流。

这一期的户外分享会，有一个六十多岁的大姐，推掉其他活动，参加我们的读书分享会，让我很感动。未来读书分享会还会持续下去，用各种方式，希望提醒普遍焦虑的现代人，生活要慢下来，多去感受这个世界的美好，才是生活本来的意义。

淡淡蓝：听说你每年都会有好几次旅行。你是如何平衡工作、家庭、养花、读书、写文字和旅行的关系的？

憩园，不只是一个露台花园，更是一种生活方式我：大概是因为我是个求知欲非常强的人，各种事物都想尝试，什么都想学，兴趣比较广。

有人问我："这么大的园子，这么多的花草，你还要上班，你忙得过来吗？你累吗？"

其实种花于我真的不是一件很累的事，相反，它是一件很快乐的事（正因为快乐，所以才乐此不疲嘛），而且我丝毫没有觉得种花占了我许多时间。

我看过一篇文章，文章有个观点很好——最好的休息不是睡觉，做不同的事情就是休息。我除了上班之外，休息天就在家里看书，写东西，累了，就起来做做瑜伽，然后跑到园子里劳作，打理花草就是我的休息。

旅行也一样，一段时间不跑出去走走，人就没有动力，就像车子的油耗光了。和志同道合的人一起去旅行，看看外面的世界，体会不一样的生活，回来感觉油又加满了。一个人完全可以一边工作、生活，把家庭、孩子管好，每年抽出时间享受几次旅行，每天抽点时间读点书、种些花。听起来好像要做很多事，其实就看你愿不愿把时间这样安排给自己。

淡淡蓝：如果让你增加一样东西，会让你觉得更幸福和快乐，你希望是什么？

我：梦想有个小院子，门口栽满花草绿植，屋内摆满各类纸书，兼花香和书香之意境，既安静，又漂亮。